W0253128

La famille de Pascal Duarte

Dans la prison de Badajoz, un condamné relate longuement sa vie.

Le dernier acte va être sanglant : c'est sur Pascal Duarte que la mort va frapper, après avoir tracé autour de lui un cercle de meurtres et de croix.

Nul ne peut vivre auprès de cet humble paysan d'Estrémadure. A son contact les existences s'effritent : celles de ses enfants, de sa femme, de ses proches, de sa mère enfin — comme s'effrite la terre d'Espagne tuée par le soleil et « le vent mauvais et perfide ».

La fatalité a marqué Pascal Duarte du signe de la mort. Comme les héros des grandes tragédies classiques, « voilà un modèle — un modèle qu'il ne faut pas imiter mais fuir ».

Né en Galice en 1916, Camilo José Cela a passé sa vie à parcourir et à décrire l'Espagne. Son œuvre la plus marquante est incontestablement La Famille de Pascal Duarte *qui, en provoquant un scandale au moment de sa publication en 1942, a changé le panorama de la littérature espagnole. Romancier, poète, essayiste, il s'adonne à tous les genres littéraires. Ses dernières expériences textuelles, pleines de jeunesse et de vigueur le rangent peut-être dans une lignée d'avant-garde. Il a obtenu le prix Nobel de littérature en 1989.*

Du même auteur

La Ruche
Gallimard, 1958 ; coll. « L'imaginaire », 1989

Voyage en Alcarria
Gallimard, 1961

Nouvelles Aventures et Mésaventures
de Lazarillo de Tormes
Gallimard, 1961

Mrs. Caldwell parle à son fils
Denoël, 1967

San Camilo, 1936
Albin Michel, 1973

Office des ténèbres
Albin Michel, 1978

Le Joli Crime du carabinier
et Autres Anecdotes
Souffles, 1989

Toreros de salon :
farce accompagnée de clameurs
et de fanfares
Verdier, 1989

Camilo José Cela

La famille de Pascal Duarte

roman

TRADUIT DE L'ESPAGNOL
PAR JEAN VIET

Éditions du Seuil

La première édition de cet ouvrage
a paru dans la collection « Méditerranée »
dirigée par Emmanuel Roblès.

TEXTE INTÉGRAL.

EN COUVERTURE : photo extraite du film
Pascual Duarte. DR.

Titre original : *La Familia de Pascual Duarte.*
Éditeur original : Éd. Aldecoa, Madrid, 1942.
© Camilo-José Cela, 1942.

ISBN : 2-02-011564-6.
(ISBN 1re publication : 2-02-001554-4)

© Éditions du Seuil, 1948, pour la traduction française

La loi du 11 mars 1957 interdit les copies ou reproductions destinées à une utilisation collective. Toute représentation ou reproduction intégrale ou partielle faite par quelque procédé que ce soit, sans le consentement de l'auteur ou de ses ayants cause, est illicite et constitue une contrefaçon sanctionnée par les articles 425 et suivants du Code pénal.

A Victor Ruiz Iriarte.

Note du transcripteur

Le moment me semble venu de faire imprimer les Mémoires de Pascal Duarte. Je n'aurais pu le faire plus tôt sans en négliger la préparation. A quoi bon se hâter ? Il faut du temps pour tout, même pour corriger l'orthographe d'un manuscrit, et mener son travail, comme on dit, à bride abattue ne peut conduire à rien de bon. Maintenant, je n'ai plus de raison d'attendre : il faut montrer l'ouvrage dès qu'il est terminé.

J'ai trouvé les pages que je transcris plus loin vers le milieu de l'année 1939, dans une pharmacie d'Almendralejo — où Dieu sait quelles mains inconnues les avaient déposées — et, depuis, je les ai classées et déchiffrées, car, mal écrites, sans numéros et désordonnées, elles n'étaient guère lisibles.

Je tiens à bien préciser tout de suite que seule m'appartient la transcription de l'œuvre que je présente aujourd'hui au lecteur curieux ; je n'ai supprimé ni ajouté une seule virgule, soucieux de respecter jusqu'au style du récit. Pour certains passages trop crus de l'œuvre, j'ai préféré prendre des ciseaux et tailler dans le vif ; le lecteur y perd quelques petits détails — sans grand dommage —, il évite en échange des confidences, répugnantes parfois, qu'il valait mieux, je le répète, supprimer que modifier.

Le personnage, selon moi, et cela seul me porte à le faire connaître, est un modèle ; un modèle qu'il ne faut pas imiter, mais fuir, qui ne permet pas le doute, mais force à dire : « Tu vois ce qu'il fait ? Eh bien ! c'est le contraire de ce qu'il devrait. »

Mais laissons la parole à Pascal Duarte, lui seul a des choses intéressantes à nous raconter.

LETTRE ANNONÇANT L'ENVOI DE L'ORIGINAL

Don Joaquin Barrera Lopez,
Mérida.

Cher Monsieur,

C'est une bien longue histoire que je m'excuse de joindre à cette lettre, plus longue aussi qu'il ne faudrait. Vous êtes le seul ami de don Jésus Gonzalez de la Riva (que Dieu lui pardonne comme lui m'a sûrement pardonné) dont j'aie retenu l'adresse, et c'est pourquoi je vous envoie mon manuscrit. Acceptez-le pour me délivrer de sa présence, car la seule pensée d'avoir pu l'écrire me brûle, et pour éviter qu'un accès de tristesse, comme Dieu m'en donne souvent ces temps-ci, ne me pousse à le détruire, ce qui priverait quelques hommes d'apprendre ce que j'ai su trop tard.

Je vais m'expliquer un peu. Comme je sais que mon souvenir — hélas ! — n'a rien d'édifiant et que je veux, si possible, décharger ma conscience par cette confession publique qui n'est pas une mince pénitence, j'ai commencé de raconter ma vie. La mémoire n'a jamais été mon fort et bien des choses, dignes peut-être d'intérêt, ont dû m'échapper ; malgré tout, j'ai voulu dire ce qui restait gravé dans mon esprit et ce que ma main pouvait facilement tracer sur le papier, car, pour le reste, j'éprouvais de si grandes nausées que j'ai préféré le taire et maintenant l'oublier. Je savais en commençant ces Mémoires qu'une chose m'échapperait : ma mort..., que Dieu veuille écourter ! Ce détail m'a fait beaucoup réfléchir et, sur le peu de vie qui me reste, je pourrais vous jurer qu'en plus d'une occasion j'ai cru défaillir, faute de bien voir où mettre le point final. Mais le mieux était de commencer et d'attendre, pour finir, le moment où Dieu voudrait me retirer sa main ; c'est ce que j'ai fait. Aujourd'hui, fatigué d'avoir rempli tant de feuilles de mon bavardage, je m'arrête d'écrire définitivement, vous laissant libre d'imaginer ce qui me reste encore à vivre ; chose facile, car je doute fort qu'entre ces quatre murs il puisse m'arriver grand-chose de nouveau.

Il m'était pénible de penser, en commençant ce récit, que quelqu'un savait déjà si je le finirais et connaissait l'endroit où j'aurais dû le couper, si le temps m'avait manqué ; cette certitude d'avoir mes actes tracés par force sur des lignes tirées d'avance me rendait fou. Aujourd'hui, je suis plus près de l'autre vie et plus résigné. Que Dieu veuille bien m'accorder son pardon.

J'éprouve un certain soulagement d'avoir rapporté tout ce que j'ai vécu, et il y a des moments où ma conscience elle-même me fait moins de reproches.

J'ai confiance que vous saurez comprendre ce que je ne dis pas mieux, faute d'être plus habile. Je me repens maintenant de m'être trompé de chemin, mais ne demande plus de pardon dans cette vie. A quoi bon ? Peut-être vaut-il mieux que l'on en use avec moi comme il est prévu, car je retomberais sans doute dans mes errements. Je ne veux pas demander grâce, la vie m'a appris trop de mal et ma faiblesse est grande en face de l'instinct. Qu'il en soit comme il est écrit dans le livre des Cieux.

Recevez, cher don Joaquin, avec ces papiers manuscrits, mes excuses pour m'être adressé à vous, et accueillez cette demande de pardon que vous envoie, comme à don Jésus lui-même, votre humble serviteur,

Pascal Duarte,
Prison de Badajoz, 15 février 1937.

CLAUSE DU TESTAMENT OLOGRAPHE
LAISSÉ PAR DON JOAQUIN BARRERA LOPEZ,
QUI, MOURANT SANS DESCENDANCE,
LÉGUA SES BIENS
AUX RELIGIEUSES DE LA VISITATION

Quatrièmement :

J'ordonne que le paquet de papiers qui se trouve dans le tiroir de mon bureau, attaché par une ficelle et portant au crayon rouge la mention : « Pascal Duarte », soit livré aux flammes sans être lu et sans aucun retard, comme malsain et contraire aux bonnes mœurs. Cependant, si la Providence veut que, sans l'entremise mauvaise de personne, ledit paquet échappe pendant dix-huit mois à la peine que je lui destine, j'ordonne à celui qui le découvrira de le sauver de la destruction, le prenant pour sa propriété et disposant de lui à sa volonté, si elle n'est pas en désaccord avec la mienne.

. . . .

Fait à Mérida (Badajoz) et en danger de mort,
le 11 mai 1937.

La famille
de Pascal Duarte

A la mémoire de l'insigne seigneur don Jésus Gonzalez de la Riva, comte de Torremejia, qui, sur le point d'être frappé à mort par l'auteur de cet écrit, l'appelait Pascalillo et lui souriait.

P.D.

Moi, monsieur, je ne suis pas méchant et pourtant j'aurais mes raisons pour cela. Nous, mortels, nous avons tous en naissant la même peau, mais, à mesure que nous grandissons, le destin se plaît à nous diversifier, comme si nous étions de cire, et à nous mener par des sentiers multiples vers une seule fin : la mort. Il y a des hommes qui doivent prendre le chemin des fleurs, pendant que d'autres sont poussés à travers chardons et nopals. Les uns possèdent un regard tranquille et, au parfum de leur bonheur, ils sourient d'un visage innocent ; les autres, accablés du soleil violent de la plaine, se hérissent comme la vermine pour se défendre. D'un côté, pour embellir son corps, le fard et les parfums ; de l'autre, les tatouages que nul ensuite n'est capable d'effacer...

Je suis né voilà bien des années — cinquante-cinq pour le moins — dans un village perdu de la province de Badajoz. Il était accroupi à quelque deux lieues d'Almendralejo, sur une route monotone et longue comme un jour sans pain, monotone et longue comme les jours — dont, pour votre bien, vous ne pouvez même imaginer la longueur ni la monotonie — d'un condamné à mort...

C'était un village chaud et ensoleillé, assez riche d'oliviers et de cochons (sauf votre respect), avec des maisons si blanches que le souvenir m'en blesse encore les yeux, une place toute pavée et une belle fontaine à trois jets au milieu de la place. Depuis plusieurs années déjà, lorsque je quittai le village, l'eau ne jaillissait plus et, cependant, qu'elle nous semblait à tous gracieuse et élégante, la fontaine, avec son couronnement figurant un enfant nu, sa vasque au bord tout ondulé pareille aux coquilles des pèlerins ! Sur la place s'élevait la mairie, grande et carrée, telle une caisse à tabac, avec une tour en son milieu et dans la tour une horloge, blanche comme une hostie, toujours arrêtée à neuf heures ; sans doute le village n'avait-il pas besoin de ses services, mais seulement de sa parure. Dans le village, il y avait naturellement de belles et de vilaines maisons, celles-ci étant, bien entendu et comme toujours, les plus nombreuses ; il y en avait une, de deux étages, celle de don Jésus, qui faisait plaisir à voir avec son entrée toute décorée de carreaux de faïence et de vases. Don Jésus avait toujours été grand amateur de plantes et je parierais qu'il avait ordonné à sa gouvernante de veiller sur les géraniums, les héliotropes, les palmes et la menthe avec autant d'amour que sur des enfants, car la vieille était toujours à courir, une casserole à la main, pour arroser ses pots, avec un soin que les plantes devaient apprécier, tant elles poussaient vertes et vigoureuses. La maison de don Jésus était située, elle aussi, sur la place et, chose curieuse, car le propriétaire ne regardait pas à la dépense, elle tranchait sur les autres par tout le bien que j'en ai dit, mais aussi par un défaut qui lui était propre : sa façade avait gardé la couleur naturelle de la pierre, qui fait si vulgaire, et n'était pas blanchie, quand la plus pauvre elle-même l'était ; don Jésus avait sans doute ses raisons. Au-dessus de la porte, on voyait des écussons de pierre, de grande valeur, disait-on, terminés par des têtes de guerriers antiques, casquées et empanachées, dont l'une regardait vers le Levant et l'autre vers le Ponant, comme pour indiquer qu'elles faisaient le guet des deux côtés. Derrière la place et vers la maison de don Jésus se trouvait l'église de la paroisse, avec son clocher de pierre et sa cloche, qui sonnait d'une manière que je ne saurais dire, mais que j'entends dans ma mémoire comme à deux pas d'ici... La tour du clocher était de même hauteur que celle de l'horloge et, l'été, les cigognes en arrivant reconnaissaient la tour qu'elles avaient habitée l'année précédente ; la cigogne boiteuse qui resta là deux hivers était du nid de l'église, d'où elle avait dû tomber, toute petite encore, effrayée par le vautour.

Ma maison se trouvait à l'écart, à deux cents pas bien comptés des dernières du village. Elle était étroite et d'un seul étage comme il convenait à ma position ; je l'aimais pourtant et il m'arrivait même quelquefois d'en être fier. En réalité, il n'y avait guère que la cuisine que l'on pût voir dans la maison ; on la trouvait tout de suite en entrant, toujours propre et blanchie à la perfection ; il est vrai qu'elle avait un sol en terre, mais si bien battu, avec ses petits cailloux qui formaient des dessins, qu'elle ne le cédait en rien à toutes ces cuisines que le propriétaire a fait cimenter pour avoir l'air plus moderne. La cheminée était large et dégagée ; nous avions près de la hotte une armoire avec des faïences décoratives, des pichets avec des « *Souvenir* » peints en bleu, des assiettes avec des dessins bleus ou orangés ; quelques-unes étaient décorées d'une tête peinte, d'autres d'une fleur, d'autres d'un nom, d'autres d'un poisson. Aux murs, nous avions différentes choses : un calendrier très joli, où l'on voyait une jeune femme s'éventer dans une barque, avec au-dessous cette inscription qui semblait écrite en poudre d'argent : « *Modesto Rodriguez. Épicerie fine. Mérida (Badajoz)* », un portrait en couleurs d'Espartero[1] avec son costume à paillettes et trois ou quatre photographies — les unes petites et les autres moyennes — de je ne sais qui, car je les ai toujours vues à la même place sans avoir jamais eu l'idée de me renseigner. Nous avions aussi, accroché au mur, un réveil qui, Dieu sait pourquoi, fonctionna toujours au petit bonheur et une pelote en laine colorée où s'enfonçaient de jolies épingles avec de petites têtes en verre de couleur. Le mobilier de la cuisine était aussi réduit que simple : trois chaises — l'une d'elles très élégante avec son dossier et ses pieds de bois courbé, son fond canné — et une table de sapin avec le tiroir correspondant, qui était un peu basse pour les chaises, mais rendait service. Dans la cuisine, on était bien ; elle était commode et, en été, comme nous n'allumions pas, il faisait frais, assis sur la pierre du foyer, lorsque, à la fin du jour, nous ouvrions les portes en grand ; en hiver, elle était chaude, car il suffisait de veiller un peu sur les braises pour que la cendre restât brûlante parfois toute la nuit. Qu'il était plaisant de regarder nos ombres sur les murs quand il y avait de petites flammes ! Elles allaient et venaient, tantôt lentement, tantôt sautillantes et comme se jouant. Je me souviens qu'enfant elles me faisaient peur et, maintenant que j'ai grandi, je frissonne encore au souvenir de mes frayeurs.

1. Toréador connu (*N.d.T.*).

Le reste de la maison ne vaut même pas la peine d'être décrit, tant il était commun. Nous avions deux autres pièces, qui n'avaient de chambres que le nom, et l'écurie, dont je me demande souvent pourquoi nous l'appelions ainsi, puisque nous la laissions vide et abandonnée. Dans une des pièces, nous dormions, moi et ma femme, et dans l'autre mes parents, jusqu'à ce que Dieu, ou le diable peut-être, ait décidé de les emporter ; cette seconde pièce resta vide presque toujours par la suite : au début, parce qu'il n'y avait personne pour l'occuper et, plus tard, parce que celui qui l'aurait pu préféra la cuisine, qui était claire et sans courants d'air. Ma sœur, quand elle venait, y dormait toujours, et mon enfant, quand j'en eus un, en prenait aussi le chemin, chaque fois qu'il quittait les jupes de sa mère. A vrai dire, ces pièces n'étaient ni très propres ni très bien construites, mais il n'y avait pas de quoi se plaindre non plus ; on pouvait y vivre, ce qui est le principal, à l'abri des pluies de Noël et bien protégé, si l'on peut dire, des chaleurs étouffantes de l'Assomption. Le pis était l'écurie ; elle était lugubre et sombre, et ses murs semblaient imprégnés de cette odeur de bête morte que dégageait la fosse quand, au mois de mai, les animaux commençaient à mettre au monde la charogne que les corbeaux devaient y manger...

C'est étrange, mais s'il m'arrivait, lorsque j'étais jeune homme, d'être privé de cette odeur, j'éprouvais de mortelles angoisses ; je me souviens du voyage que je fis à la capitale pour la conscription ; toute la sainte journée je fus mal à l'aise, humant l'air comme un chien de chasse. A l'auberge, en me couchant, je respirai mon pantalon de velours. Le sang me brûlait tout le corps... Je repoussai l'oreiller et, pour dormir, appuyai la tête sur mon pantalon replié. Je dormis cette nuit-là comme une pierre.

Dans l'écurie, nous avions un petit âne maigre et chétif, qui nous aidait à la besogne, et quand tout allait bien, ce qui, à la vérité, n'était pas toujours le cas, nous avions aussi deux cochons (sauf votre respect) ou trois. Derrière la maison s'étendait une cour faisant saillie ; elle était petite, mais nous rendait service ; là se trouvait le puits qu'il me fallut un jour boucher tant l'eau qu'il donnait était malsaine.

Derrière la cour passait un ruisseau, souvent presque à sec et jamais trop plein, sale et malodorant comme une bande de gitans, où l'on pouvait prendre de belles anguilles, comme cela m'arrivait parfois, l'après-midi, pour tuer le temps. Ma femme, qui avait de l'esprit pour tout, disait que les anguilles étaient grosses parce qu'elles mangeaient la même chose que don Jésus, mais avec un jour de retard. A la pêche, les heures passaient vite et il faisait presque toujours nuit au moment de plier mes engins ; là-bas, au loin, tortue grosse et basse, couleuvre enroulée qui aurait craint de s'arracher au sol, Almendralejo allumait ses lumières électriques... Ses habitants, bien sûr, ignoraient que j'étais allé pêcher, qu'à ce moment même je regardais s'éclairer les lampes dans leurs maisons, allant jusqu'à imaginer combien de gens disaient de ces choses faciles à prévoir ou évoquaient des idées qui me venaient à l'esprit. Les habitants des villes vivent en tournant le dos à la vérité et, souvent, ils ne se rendent même pas compte qu'à deux lieues, au milieu de la plaine, un paysan se distrait en pensant à eux, tout en pliant sa canne à pêche, tout en ramassant par terre son petit panier d'osier avec six ou sept anguilles dedans !

La pêche pourtant me sembla toujours un passe-temps peu viril et, le plus souvent, je consacrais mes loisirs à la chasse ; j'acquis dans le village la réputation de ne pas m'en tirer trop mal et, toute modestie mise à part, je dois dire avec sincérité qu'elle était méritée. J'avais une petite épagneule — Etincelle — mi-racée, mi-bâtarde, mais qui s'entendait très bien avec moi ; souvent, le matin, nous partions ensemble pour la Mare, à une lieue et demie du village, à la frontière du Portugal, et jamais nous ne revenions bredouilles à la maison. Au retour, la chienne me devançait et m'attendait toujours auprès du croisement ; il y avait là une pierre ronde et aplatie, en forme de chaise basse, dont je me souviens avec autant de plaisir que de n'importe qui, avec plus de plaisir sûrement que de beaucoup de gens... Elle était large, un peu creusée et, lorsque je m'y asseyais, mon derrière (sauf votre respect) s'enfonçait un peu et je me trouvais si bien installé que je regrettais de m'en aller ; je passais de longs moments, assis sur la pierre du croisement, à siffler, le fusil entre les jambes, à regarder ce qu'il y avait à voir, à fumer des cigarettes. La petite chienne s'asseyait en face de moi sur ses pattes de derrière et me regardait, la tête inclinée sur l'épaule, de ses petits yeux marron très éveillés ; je lui parlais et, comme pour entendre mieux, elle dressait un peu les oreilles ; si je me taisais, elle en profitait pour courir après les sauterelles ou simplement pour changer de posture. Il me fallait toujours en m'en allant, sans savoir pourquoi, tourner la tête vers la pierre, comme pour lui dire au revoir et, un jour, elle dut paraître si triste de mon départ qu'il me fallut revenir sur mes pas et m'asseoir de nouveau... La chienne revint se camper devant moi et me regarda ; je sais maintenant qu'elle avait le regard des confesseurs, scrutateur et froid, comme l'est, paraît-il, le regard des lynx. Un frisson parcourut tout mon corps ; on aurait dit qu'un courant voulait me sortir par les bras. Ma cigarette s'était éteinte ; le fusil à un coup se laissait caresser, lentement, entre mes jambes. La chienne me regardait toujours de ses yeux fixes, comme si elle ne m'avait jamais vu, comme si d'un moment à l'autre elle allait m'accuser ; son regard me brûlait le sang dans les veines et je voyais venir le moment où je devrais m'avouer vaincu ; il faisait chaud, une chaleur épouvantable, et mes yeux se fermaient, dominés par le regard, perçant comme un clou, de l'animal...

Je pris le fusil et tirai ; je rechargeai et tirai une seconde fois. La chienne avait un sang noir et visqueux, qui s'étendait peu à peu sur la terre.

De mon enfance, je ne garde pas précisément de bons souvenirs. Mon père, Esteban Duarte Diniz, était portugais. Quadragénaire, quand j'étais encore un enfant, il me paraissait haut et lourd comme une montagne. Il avait le teint basané et une surprenante moustache noire qui pointait vers la terre. Il la portait retroussée, paraît-il, dans sa jeunesse, mais, depuis qu'il avait fait de la prison, il avait perdu sa prestance, la vigueur de sa moustache avait faibli et il dut la laisser pendre jusqu'à sa mort. Il m'inspirait un grand respect et quelque crainte aussi, à la première occasion, je prenais le large et m'efforçais de l'éviter ; il était sauvage, brutal, ne souffrait pas la moindre contradiction, et je respectais cette manie parce que j'y trouvais mon compte. Quand il se mettait en colère, ce qui lui arrivait plus souvent qu'à son tour, il nous flanquait à ma mère et à moi des raclées monumentales pour des riens ; ma mère s'efforçait de lui rendre ses coups, histoire de le corriger, mais moi je devais les accepter avec résignation, vu mon jeune âge. On a les chairs bien tendres à cet âge-là !

Je n'eus jamais l'audace d'interroger mon père ni ma mère sur ce fameux séjour en prison, pensant qu'il était plus prudent de ne pas faire entrer les chiens dans la danse, puisque tout seuls ils dansaient déjà plus qu'il ne fallait ; en réalité, je n'avais nul besoin de me renseigner, car il se trouve toujours des âmes charitables, surtout dans les villages de si peu d'importance, et des gens trop pressés de venir tout vous raconter. On l'avait arrêté comme contrebandier ; il l'était d'ailleurs depuis de longues années, mais comme tant va la cruche à l'eau qu'à la fin elle se casse, comme il n'y a pas de métier sans risque, ni de montée sans suée, un beau jour, sans doute quand il s'y attendait le moins — la confiance en soi est ce qui perd les braves —, les carabiniers le suivirent, découvrirent sa marchandise et l'emmenèrent à la prison. Il devait y avoir bien longtemps de cela, car je ne me souviens de rien ; peut-être même n'étais-je pas né.

Ma mère, à l'encontre de mon père, n'était pas grosse, malgré sa taille ; elle était longue, maigre, et ne semblait pas en bonne santé ; même, à voir son teint de cendre et ses joues creuses, on l'aurait crue phtisique ou tout près de l'être. Hargneuse et brutale aussi, elle avait un caractère de tous les diables et dans la bouche un langage que Dieu veuille lui pardonner, car elle disait les pires blasphèmes à tout moment et pour les raisons les plus vaines. Elle s'habillait toujours en deuil et aimait si peu l'eau qu'à vrai dire, en toutes ces années vécues près d'elle, je ne la vis se laver qu'une seule fois, un jour où, mon père lui ayant reproché d'être ivre, elle avait voulu lui prouver qu'elle ne craignait pas l'eau. Le vin, en revanche, ne la dégoûtait pas tant et, chaque fois qu'elle mettait la main sur quelques sous ou fouillait les poches de son mari, elle m'envoyait au cabaret chercher une bouteille qu'elle cachait sous le lit, pour la soustraire à mon père. Elle avait une petite moustache blanche au coin des lèvres et une crinière emmêlée, dont elle se faisait un chignon, pas très gros, au-dessus de la tête. Autour de la bouche, on lui voyait des cicatrices, petites et roses comme des marques de plombs, qui lui venaient, je crois, de vilains boutons qu'elle avait eus dans sa jeunesse ; parfois, l'été, la vie revenait à ces cicatrices, elles prenaient couleur et finissaient par former comme de petites têtes d'épingle de pus, que l'automne se chargeait de crever et l'hiver d'effacer.

Mes parents s'entendaient mal ; ils n'avaient guère d'éducation, moins encore de vertus et n'observaient pas les commandements de Dieu — tous défauts que, pour mon malheur, j'héritai, — aussi se souciaient-ils fort peu d'appliquer des principes ou de refréner leurs instincts, et il suffisait d'un rien pour déchaîner une tempête, qui se prolongeait ensuite des jours et des jours, sans qu'on en vît la fin. En général, je ne prenais pas parti, car vraiment pour moi c'était pareil de les voir l'un ou l'autre écoper ; quelquefois je me réjouissais parce que mon père cognait, d'autres fois parce que c'était ma mère, mais jamais je n'en fis une affaire d'État.

Ma mère ne savait ni lire ni écrire ; mon père oui, et il en était si fier qu'il le lui jetait à la figure à tout bout de champ et l'appelait sans cesse, avec ou sans raison, pauvre ignorante, injure très grave pour ma mère, qui devenait comme un dragon. Quelquefois mon père s'en venait l'après-midi à la maison, un papier à la main, et, bon gré mal gré, nous faisait asseoir tous les deux dans la cuisine pour nous lire les nouvelles ; il les commentait ensuite et je me mettais à trembler, car ainsi commençaient les disputes. Ma mère, pour l'offenser, prétendait qu'il n'y avait rien de tout cela sur le papier et que mon père inventait tout ce qu'il disait ; en l'entendant, celui-ci perdait la tête, il hurlait comme un fou, la traitait de sorcière, d'ignorante et finalement criait que, s'il avait su inventer le contenu des papiers, il n'aurait jamais eu l'idée de l'épouser. C'en était trop. A son tour, elle le traitait d'ours mal léché, l'appelait mendigot et Portugais ; lui, comme s'il n'avait entendu que ce mot pour la frapper, enlevait sa ceinture et la poursuivait jusqu'à n'en plus pouvoir tout autour de la cuisine. Au début, j'attrapais par-ci par-là un coup de ceinture, mais, avec le temps, je compris que la seule manière de ne pas se mouiller était de n'être pas sous la pluie et, quand je voyais les choses tourner mal, je les laissais seuls et m'en allais. Tant pis pour eux.

En vérité, la vie dans ma famille n'avait rien de drôle, mais nous n'avons pas le choix et parfois nous ne sommes pas nés que notre route est déjà tracée ; je m'efforçai donc d'accepter mon sort, c'était la seule façon de ne pas désespérer... Tout petit, à cet âge où la volonté de l'homme est le plus maniable, on m'envoya quelque temps à l'école ; la lutte pour la vie, disait mon père, était très dure et il fallait se préparer à l'aborder avec les seules armes capables de nous faire triompher, les armes de l'intelligence. Il me disait tout cela d'un trait, comme de mémoire, et sa voix me semblait alors se voiler et prendre des nuances que je ne lui connaissais pas... Il se reprenait bientôt et, se mettant à rire bruyamment, finissait toujours par me dire avec une sorte d'affection :

— Ne fais pas attention, mon garçon... Je me fais vieux !

Et il restait pensif, répétant à voix basse et par deux fois :

— Je me fais vieux !... Je me fais vieux !...

Mon instruction scolaire dura peu. Mon père avait, je l'ai dit, un caractère violent et autoritaire pour certaines choses, mais il était faible et pusillanime pour d'autres ; j'ai observé qu'en général il prenait seulement à cœur les affaires insignifiantes et banales, car, pour les questions d'importance, je ne sais si c'est crainte ou quoi, il était rare qu'il tînt bon. Ma mère ne voulait pas que j'aille à l'école et chaque fois qu'elle en avait l'occasion, parfois même sans l'avoir, elle me disait qu'on n'a pas besoin d'être savant pour rester gueux. Elle prêchait un converti, l'assistance aux classes ne me séduisant guère, et tous les deux, avec le temps, nous finîmes par persuader mon père, qui décida que j'abandonnerais les études. Je savais déjà lire, écrire, additionner, soustraire ; c'était, en réalité, assez pour me débrouiller. Quand je quittai l'école, j'avais douze ans ; mais n'allons pas si vite, car chaque chose doit venir en son temps et se lever tôt n'amène pas le jour.

J'étais bien jeune quand naquit ma sœur Rosario. Je garde un souvenir confus de cette époque, et ma narration sera peut-être infidèle. Essayons pourtant. Si mon récit manque de précision, il sera toujours plus près de la réalité que les idées en l'air que vous pourriez vous faire. Je me rappelle qu'il faisait chaud l'après-midi où Rosario vint au monde ; ce devait être en juillet ou en août. La campagne était calme et desséchée ; les cigales avec leurs scies semblaient vouloir limer les os de la terre ; les gens et les bêtes étaient à l'abri et le soleil, là-haut, comme le seigneur de tout, illuminant tout, brûlant tout... Les accouchements de ma mère furent toujours très durs et très douloureux ; elle était à moitié flétrie, un peu sèche, et la douleur dépassait ses forces. Comme la pauvre ne fut jamais un modèle de vertu ni de dignité et qu'elle ne savait pas, comme moi, souffrir et se taire, crier était sa seule ressource. Il y avait déjà plusieurs heures qu'elle hurlait quand naquit Rosario, car — pour comble de malheur — ses accouchements étaient lents. La chanson le dit bien : telle qui est lente en couches et porte moustache... (Je n'écris pas la seconde partie, par égard à mon très noble correspondant.) Ma mère était assistée par une femme du village, Mme Engracia, celle du coteau, guérisseuse, accoucheuse, à demi sorcière et un rien mystérieuse, qui avait amené des mixtures pour les appliquer sur le ventre de ma mère et calmer ses douleurs. Mais la patiente, avec ou sans onguents, continuait à crier de toutes ses forces, et Mme Engracia ne trouva rien de mieux que de la traiter d'incroyante et de mauvaise chrétienne ; comme à ce moment les cris de ma mère, pareils à l'ouragan, redoublaient, je me demandai si elle n'était pas, en effet, possédée d'un démon. Mon doute dura peu, car il fut bientôt prouvé que la cause de ces cris extraordinaires était ma nouvelle sœur.

Mon père, depuis un long moment, marchait à grandes enjambées dans la cuisine. Quand Rosario naquit, il s'approcha du lit de ma mère et, sans considération aucune de la circonstance, la traita d'ordure et de putain, lui donnant de tels coups avec la boucle de sa ceinture que je me demande encore comment il ne l'a pas broyée vive. Ensuite il partit et resta absent deux jours entiers ; à son retour, il était plein comme une barrique ; il s'approcha de ma mère couchée et l'embrassa ; ma mère se laissait embrasser... Puis il s'en fut dormir à l'écurie.

On fit à Rosario un petit berceau dans une caisse assez peu profonde, où l'on vida un plein oreiller de bourre, puis on la coucha contre le lit de ma mère, enveloppée dans des langes de coton et si couverte que, bien des fois, je pensai qu'on finirait par l'étouffer. Je ne sais pourquoi j'avais jusqu'alors imaginé les petits enfants d'une blancheur de lait ; toujours est-il que je fus très mal impressionné quand je vis ma petite sœur poisseuse et rouge comme une écrevisse cuite ; elle avait sur la tête, comme les étourneaux et les petits pigeons, un duvet clairsemé, qui devait disparaître les mois suivants, et ses petites mains étaient si serrées et si pâles qu'elles me faisaient peur. Lorsque, trois ou quatre jours après sa naissance, on défit ses langes pour la nettoyer un peu, je pus l'examiner à loisir et la trouvai, je crois, moins répugnante que la première fois : son teint s'était éclairci, ses petits yeux, qu'elle n'ouvrait pas encore, semblaient vouloir soulever leurs paupières et ses mains paraissaient plus molles. Elle fut lavée, et bien lavée, dans une eau de romarin, par Mme Engracia, qui pouvait bien être ceci ou cela, mais qui, en tout cas, venait en aide aux malheureux ; elle l'enroula de nouveau dans les moins sales des langes qu'elle put trouver ; elle mit de côté pour les laver les plus tachés et laissa la petite si contente qu'elle dormit de longues heures d'affilée, de sorte que nul n'aurait pu deviner, tant le silence était grand dans la maison, la présence d'un nouveau-né. Mon père s'asseyait par terre, à côté de la caisse, et passait des heures à regarder sa fille, avec *un visage d'amoureux,* disait Mme Engracia ; j'en oubliais presque son vrai caractère. Puis il se levait, s'en allait faire un tour au village et, quand nous y pensions le moins, à l'heure où nous étions le moins habitués à le voir venir, nous le trouvions là, près de la caisse à nouveau, avec le visage doux et le regard si humble que quiconque l'aurait vu, ne le connaissant pas, l'aurait pris pour saint Roch en personne.

Rosario fut toujours faible et maigre en grandissant — elle ne pouvait tirer que peu de vie des seins vides de ma mère ! — et ses premiers temps furent si difficiles qu'elle faillit plus d'une fois mourir. Mon père perdait la tête en voyant que la petite ne profitait pas et comme, pour se consoler, il s'envoyait davantage de vin dans le gosier, ma mère et moi nous connûmes alors des moments bien pénibles ; le temps passé nous sembla bon, lui que nous avions trouvé si dur, faute d'avoir vu pire. Mystère de la conduite des mortels, qui détestent tellement ce qu'ils doivent ensuite regretter ! Ma mère, qui avait encore dépéri depuis l'accouchement, recevait des volées de coups terribles ; quant à moi, je n'étais pas facile à attraper, mais mon père, lorsque je me trouvais sur son chemin, me décochait en passant des coups de pied qui parfois m'ensanglantaient le derrière (sauf votre respect) ou me laissaient les côtes marquées comme au fer rouge.

Peu à peu, la petite se remit et recouvra des forces, grâces à des soupes au vin rouge qu'on avait indiquées à ma mère, et, comme elle était de naturel éveillé et que le temps ne passait pas en vain, si elle tarda un peu plus qu'il ne fallait à savoir marcher, elle se mit, en revanche, à parler très tôt avec une telle facilité, une telle abondance, que nous étions tous ravis par ses grâces.

Ce temps passa où les petits enfants sont toujours pareils. Rosario grandit, devint presque une petite fille et, quand nous prenions garde à elle, nous remarquions qu'elle était plus avisée qu'un lézard. Hélas ! aucun d'entre nous ne fit jamais bon usage de sa cervelle : la petite devint bientôt la reine de la maison et nous fit tous marcher plus droits que des bâtons. Si le bien avait été son instinct naturel, elle aurait pu faire de grandes choses, mais Dieu ne voulut pas la voir, toute seule parmi nous, s'efforcer à la vertu ; ma sœur appliqua son intelligence à d'autres fins et vite il devint clair que, si elle n'était pas sotte, il aurait mieux valu qu'elle le fût. Elle faisait de tout et rien de bon : elle volait avec la grâce et l'effronterie d'une vieille gitane, elle prit goût toute jeune à la boisson, fut l'entremetteuse des caprices de la vieille et, comme nul ne s'occupa de la corriger ni d'appliquer au bien une intelligence aussi lucide, elle alla de mal en pis, jusqu'au jour — elle avait alors quatorze ans — où elle fit main basse sur nos pauvres richesses et partit à Trujillo, chez la Elvira. L'effet que son départ produisit chez nous, vous pouvez l'imaginer : mon père accusait ma mère, ma mère accusait mon père... Mais c'est aux colères de mon père qu'on mesura surtout l'absence de Rosario : quand elle vivait encore avec nous, il se retenait en sa présence ; maintenant qu'elle était partie et qu'il ne la voyait plus, les scènes éclataient à toute heure et en tout lieu. Il est curieux de penser que mon père, brutal et cabochard comme pas un, n'avait de considération que pour elle ; il suffisait d'un regard de Rosario pour calmer ses fureurs et, plus d'une fois, sa seule présence épargna de bons coups. Qui aurait pu supposer que ce colosse se laisserait mater par une gamine ?

Elle resta cinq mois à Trujillo, puis des fièvres la ramenèrent à demi morte à la maison, où elle garda le lit près d'un an, accablée d'un mal pernicieux qui la mit tout près du tombeau. Mon père — qui, en dépit du vin et de ses colères, était resté un vieux chrétien de la meilleure obédience — lui fit même donner les sacrements, en vue du dernier voyage. La maladie eut, comme toujours, ses hauts et ses bas ; à des jours où la petite semblait revivre succédaient des nuits où nous pensions tous qu'elle allait passer. Mes parents avaient l'air sombre, et seuls, en cette mauvaise période, furent paisibles ces mois où les murs ne résonnèrent plus sous les coups, tant les deux vieux semblaient dans l'embarras !... Les voisines intervenaient toutes pour prescrire des herbes, mais nous gardions confiance en Mme Engracia, et c'est à elle et à ses conseils que nous eûmes recours pour soigner ma sœur. Dieu sait si la cure qu'elle lui ordonna fut compliquée ; mais on y mit tant d'énergie qu'il fallut qu'elle lui profitât, aussi la vit-on, tout doucement, revenir à la santé. La mauvaise herbe a la vie dure, comme le veut le proverbe, et, sans vouloir dire par là que Rosario était mauvaise (sans mettre non plus la main au feu pour soutenir qu'elle était bonne). il est de fait qu'après avoir pris les décoctions recommandées par Mme Engracia elle n'eut plus qu'à patienter pour retrouver la santé et, avec elle, la force et la beauté.

Elle n'en devint pas meilleure pour autant. Comme mes parents, pour une fois d'accord, se réjouissaient, la rusée recommença à faire le pirate ; elle s'emplit la besace avec nos quelques économies et, sans plus de révérences, partit à l'anglaise, s'envolant cette fois pour Almendralejo, où elle échoua chez Nieves la Madrileña. Il est certain, je le crois du moins, que l'être le plus vil garde toujours quelque bon côté : Rosario ne nous oublia pas tout à fait et il lui arrivait — pour notre fête ou pour Noël — de nous envoyer un gilet qui, même s'il était trop juste et nous allait comme ceinture à ventre garni, avait son mérite, car elle avait beau faire la magnifique avec les livrées de son métier, elle ne devait guère nager dans l'opulence. C'est à Almendralejo qu'elle connut l'homme qui devait faire sa ruine ; non celle de sa réputation, déjà fort délabrée, mais celle de sa bourse, le seul bien dont elle dut tenir compte, puisque le reste était perdu. Cet individu, de son nom Paco Lopez, était surnommé *El Estirao* et je dois convenir qu'il était beau garçon, malgré son regard mal assuré ; il était devenu borgne, en effet, Dieu sait dans quelles aventures, et portait un œil de verre dont la fixité déconcertait le plus averti. Il était grand, blondasse, élégant et marchait si droit que le premier qui l'avait appelé *El Estirao*[1] ne pouvait mieux dire ; il n'avait meilleur gagne-pain que sa mine, car, les femmes étant assez bêtes pour l'entretenir, l'homme préférait ne pas travailler, ce qui me paraît vraiment mal, peut-être parce que je n'ai jamais eu l'occasion d'en faire autant. On disait qu'il avait été quelque temps *novillero*[2] dans les arènes andalouses ; je ne sais ce qu'il faut en penser, tant il me semblait n'avoir d'audace qu'avec les femmes,

1. L'Étiré.
2. *Matador de novillos,* petits taureaux de deux ans (*N.d.T.*).

mais comme celles-ci, et ma sœur avec elles, le croyaient dur comme fer, il menait joyeuse vie, car vous savez en quelle estime les femmes tiennent les toreros. Un jour que je chassais la perdrix au long de *Los Jarales* — la propriété de don Jésus —, je me heurtai à lui qui, pour prendre l'air, s'en était venu d'Almendralejo faire cinq cents pas dans la montagne ; il était fort élégant avec son complet café, sa visière et la canne d'osier qu'il tenait à la main. On se dit bonjour et ce malin-là, voyant que je ne lui demandais pas de nouvelles de ma sœur, voulut me faire parler pour le plaisir de me placer ses petites phrases ; je résistai et il dut voir que je me dérobais, car nous avions déjà la main dans la main pour nous quitter, quand il me lança d'un air détaché :

— Comment va Rosario ?

— Tu dois bien le savoir...

— Moi ?

— Voyons ! Qui d'autre le saurait ?

— Et pourquoi veux-tu que je le sache ?

Il le disait avec un tel sérieux qu'il semblait n'avoir menti de sa vie ; cela m'ennuyait de lui parler de Rosario, voyez ce que c'est...

L'homme donnait de petits coups de canne sur les touffes de thym...

— Eh bien ! oui, apprends-le, elle va bien... Ne voulais-tu pas de ses nouvelles ?

— Prends garde, *Estirao* !... Prends garde, *Estirao* !... Je n'ai pas peur de toi, je ne me paie pas de mots non plus ! Ne m'énerve pas !... Ne m'énerve pas !...

— Et comment t'énerver, s'il n'y a pas de quoi ? Dis, que veux-tu savoir de Rosario ? Qu'a-t-elle à voir avec toi, Rosario ? Elle est ta sœur !... Bon, et puis après ? C'est mon amie aussi, si tu vas par là.

Il me gagnait en paroles, mais, si l'on s'était battus, je vous jure par mes morts que je le tuais avant qu'il m'eût touché un cheveu. Je voulus me calmer, parce que je me connaissais et que, d'homme à homme, il n'est pas bon de se disputer, un fusil à la main, quand l'autre n'en a pas.

— Vois, *Estirao,* mieux vaut nous taire ! Elle est ton amie ? Bon, eh bien ! qu'elle le soit ! Que veux-tu que cela me fasse, à moi ?

El Estirao riait ; il semblait chercher la bagarre.

— Écoute un peu...

— Quoi ?

— Si tu avais été l'ami de ma sœur, je t'aurais tué.

Dieu sait que de me taire ce jour-là me coûta la santé ; mais je ne voulais pas me battre, je ne sais pourquoi. Je trouvais drôle de m'entendre parler ainsi ; au village, nul n'aurait osé m'en dire la moitié.

— Que je te trouve encore une fois à rôder autour de moi et je te tue sur la place, en pleine foire.

— Tu te vantes bien !

— A coups de poignard !

— Prends garde, *Estirao* !... Prends garde, *Estirao* !...

. . . .

Ce jour-là se cloua dans mon côté une épine que je garde encore enfoncée.

Pourquoi je ne l'arrachai pas à l'instant, c'est une chose que j'ignore encore aujourd'hui... Le temps passa. Ma sœur, pour guérir d'autres fièvres, revint habiter chez nous une saison et je sus par elle la fin de l'histoire : cette nuit-là, *El Estirao* était venu chez Nieves la Madrileña voir Rosario et l'avait prise à part :

— Sais-tu que ton frère est un moins que rien ?

— ...

— Et qu'il se tient coi, comme les lapins quand ils entendent des cris ?

Ma sœur voulut me défendre, mais ce fut inutile ; l'homme avait triomphé. Il avait triomphé de moi dans la seule lutte que j'aie perdue pour n'être pas allé sur mon terrain.

— Voyons, colombe, parlons d'autre chose. Combien ?

— Huit pesetas.

— Pas plus ?

— Pas plus. Que veux-tu ? Les temps sont durs !...

El Estirao de toutes ses forces lui cingla le visage avec sa badine d'osier.

Ensuite...

« Sais-tu que ton frère est un moins que rien ? »

. . . .

Ma sœur me conjura pour sa santé de rester au village.

L'épine semblait bouger dans mon côté. Pourquoi je ne l'arrachai pas à l'instant, c'est une chose que j'ignore encore aujourd'hui...

Vous me pardonnerez ce récit bien en désordre. Je l'ai voulu plus fidèle aux personnes qu'au cours des événements, et j'ai dû sauter du début à la fin et de la fin au début, comme une sauterelle pourchassée. Comment faire autrement ? J'écris à mon idée et comme il me vient à l'esprit, sans souci de construire un roman ; d'ailleurs, je n'en serais pas capable et courrais toujours le risque de me mettre à parler et à parler, pour m'arrêter soudain, si épuisé et si court de souffle que je ne saurais plus finir.

Les années passaient sur nous comme sur tout le monde, la vie empruntait les chemins de toujours et, à moins d'inventer, je ne vois guère en cette époque de faits marquants à vous conter.

Quinze ans après la naissance de Rosario, quand la maigreur de ma mère et le temps écoulé pouvaient tout nous laisser supposer, sauf que nous allions avoir un frère, la vieille se trouva le ventre plein. Allez savoir de qui ! Je pense qu'elle s'était déjà liée avec M. Rafael ; toujours est-il qu'à terme échu la famille s'agrandit. La naissance du pauvre Mario — c'était le nom de notre nouveau frère — eut tout d'une catastrophe ; elle devait, en effet, pour comble de malheur, et comme si ce n'était rien de voir ma mère accoucher dans la honte, coïncider avec la mort de mon père. Que celle-ci serait donc risible à tout froidement considérer, si elle n'avait été si terrible ! Depuis deux jours, mon père était enfermé dans le placard, quand Mario vint au monde. Mordu par un chien enragé, nous avions d'abord cru qu'il éviterait la rage, mais des tremblements nous avaient vite renseignés. Son regard allait, disait Mme Engracia, faire avorter ma mère et, le malheureux étant perdu, nous avions fait notre possible pour l'enfermer, aidés de quelques voisins et prenant force précautions, car il donnait des coups de dents à vous couper le bras, s'il vous avait attrapé. Je me souviens encore avec terreur et tristesse de ces heures-là !... Dieu ! qu'il nous avait fallu de force à tous pour le maîtriser ! Il s'était battu comme un lion, jurant de nous tuer et les yeux si pleins de feu qu'il l'aurait certes fait, si Dieu l'avait permis... Donc il était depuis deux jours enfermé et poussait de tels cris, donnait de tels coups dans la porte qu'il nous fallut la renforcer avec des madriers. Je ne m'étonne pas que le pauvre Mario, stimulé également par les cris de ma mère, soit venu au monde épouvanté et comme abruti. Mon père finit par se taire la nuit suivante — c'était la nuit des Rois — et, lorsqu'on alla le sortir, pensant qu'il était mort, on le découvrit là, étendu sur le sol avec le visage terrifié d'un damné. Je fus surpris de voir que ma mère ne pleurait pas, comme je m'y attendais, mais se mettait à rire, et force me fut bien de refouler les deux larmes qui m'étaient venues lorsque j'avais vu le cadavre, avec ses yeux ouverts et pleins de sang, sa bouche entrouverte et sa langue violette à demi tirée. Quand le moment vint de l'enterrer, don Manuel, le curé, m'adressa un petit sermon. Je n'ai guère retenu ses paroles. Il me parla de l'autre vie, du ciel et de l'enfer, de la Vierge Marie, de la mémoire de mon père et, comme je lui disais que pour ce qui était de mon père mieux valait l'oublier, don Manuel, me caressant la tête avec la main, m'avertit que la Mort changeait les hommes de royaume et n'aimait pas nous voir haïr ce qu'elle portait à Dieu pour être jugé... Bon, ce n'est pas ainsi qu'il me le dit ; il le fit en termes tout à fait justes et appropriés, mais son discours revenait dans l'ensemble à ce que je viens d'écrire. De ce jour-là, chaque fois que je rencontrais don Manuel, je le saluais et lui baisais la main, mais, une fois marié, ma femme me dit qu'il n'était pas très viril d'agir de la sorte et, bien sûr, je ne pus continuer. Par la suite, j'appris que don Manuel avait dit qu'il en était de moi comme d'une rose sur un tas de fumier et Dieu sait quelle envie me vint alors de l'étrangler, mais cela me passa ; d'ordinaire, mes emportements sont brefs et je finis par oublier ; d'ailleurs, en y pensant bien, je ne fus jamais bien sûr de ne pas avoir compris de travers ; peut-être même don Manuel n'avait-il rien dit — ce que les gens racontent n'est pas toujours vrai — et s'il l'avait dit... Qui sait le sens qu'il y avait mis ? Qui sait s'il n'avait pas voulu dire ce que j'avais compris ?

Si Mario avait su ce qu'il faisait en quittant cette vallée de larmes, il serait sûrement parti sans regret. Il vécut peu de temps parmi nous ; il semblait avoir flairé la famille qui l'attendait et l'avoir sacrifiée de bon cœur à la compagnie des innocents dans les limbes. Dieu sait qu'il agit en sage et s'épargna bien des souffrances avec les années !... Quand il nous abandonna, il n'avait pas encore dix ans ; c'était peu sans doute pour toutes les souffrances qu'il avait endurées, mais bien suffisant pour qu'il ait pu parler et marcher, deux choses qu'il ne devait jamais savoir ; le pauvre dut se contenter de ramper comme une couleuvre et de faire de petits bruits avec le nez et la gorge comme un rat : ce fut tout ce qu'il apprit. Il avait à peine vécu ses premières années que déjà nous savions tous que le malheureux était idiot et devrait mourir tel ; il mit un an et demi à percer sa première dent, encore poussa-t-elle si loin du bon endroit que Mme Engracia, qui avait été si souvent notre providence, dut l'arracher avec un fil pour éviter qu'elle ne perçât la langue. Vers cette époque, et peut-être bien à cause de tout le sang qu'il avait avalé pour cette histoire de dent, il lui vint une éruption au derrière (sauf votre respect), qui devait écorcher ses petites fesses et mettre sa chair à vif, car l'urine se mélangea au pus des boutons ; lorsqu'il fallut soigner son mal avec du vinaigre et du sel, le petit se mit à pousser de tels hurlements qu'il aurait attendri le cœur le plus dur. Quelque temps passa dans un calme relatif. Il s'amusait avec une bouteille, seul objet digne pour lui d'intérêt, et prenait des forces au soleil dans la cour ou sur le seuil. Ainsi vécut l'innocent, tantôt mieux, tantôt plus mal, mais de plus en plus tranquille, jusqu'au jour — il avait alors quatre ans — où il se vit accablé, sans l'avoir cherché ni désiré, sans avoir fait de mal à personne ni tenté Dieu, d'un sort tellement funeste qu'un cochon (sauf votre respect) lui mangea les deux oreilles. Don Raimundo, le pharmacien, lui mit une poudre jaune, du séroforme, et il faisait si peine à voir, tout jaune et sans oreilles, que toutes les voisines, pour le consoler, lui apportaient des beignets le dimanche, avec des amandes, des olives à l'huile et un bout de saucisson. Pauvre Mario, comme il savait remercier, avec ses petits yeux noirs, pour tous ces cadeaux ! S'il n'avait guère été vaillant jusqu'alors, ce fut bien pis après cette histoire ; il passait ses jours et ses nuits pleurant et hurlant tel un abandonné et, comme le peu de patience de ma mère s'était usé quand il en avait le plus besoin, il restait des mois allongé par terre, mangeant ce qu'on lui jetait et si sale que moi-même, qui pourtant — à quoi bon mentir ? — ne m'étais jamais trop lavé, je finissais par en être dégoûté. Quand un cochon (sauf votre respect) apparaissait, ce qui arrive à la campagne plus souvent qu'on ne le voudrait dans la journée, mon frère se mettait dans des colères qui semblaient le rendre fou ; il criait plus fort encore que de coutume, cherchait un abri, et l'on voyait sur son visage et dans ses yeux une terreur telle qu'elle eût arrêté, je pense, Lucifer en personne, s'il était venu sur terre.

Je me rappelle qu'un jour — c'était un dimanche — une scène semblable lui avait inspiré tant d'effroi et de rage intérieure qu'il s'en était pris dans sa fuite, et Dieu sait pourquoi, à M. Rafael, qui se trouvait comme par hasard à la maison où, depuis la mort de mon père, il allait et venait comme en terrain conquis. Mon pauvre frère ne pouvait rien imaginer de pire que de mordre une jambe du vieux, car celui-ci de son autre jambe lui donna en plein dans une de ses cicatrices un coup tel qu'il le laissa à demi mort, privé de connaissance et perdant tellement de sang que je pensai qu'il n'en aurait plus. Le petit vieillard riait comme s'il avait fait une prouesse et, de ce jour, je lui vouai une telle haine que, je le jure sur mon honneur, si Dieu ne l'avait pas soustrait à mon atteinte, je l'aurais puni à la première occasion.

Le petit resta étendu de tout son long et ma mère — sur le moment je m'effrayai, je vous assure, de la voir aussi mauvaise —, loin de le secourir, faisait écho à M. Rafael et riait ; quant à moi, par Dieu, l'envie ne me manquait pas d'aller le relever, mais je préférai n'en rien faire... Si M. Rafael, à ce moment-là, s'était moqué de mon cœur tendre, par Dieu, je l'écrasais devant ma mère !...

Je m'en allai du côté des maisons pour tenter d'oublier et, sur le chemin, rencontrai ma sœur, qui, pour lors, se trouvait au village. Je lui racontai l'événement et je dus voir bien de la haine dans ses yeux, car, en mon for intérieur, je pensai qu'elle ne devait pas être un ennemi bien tendre. Je me souvins, Dieu sait pourquoi, d'*El Estirao* et je souris : ma sœur devait quelquefois le regarder de ces yeux-là...

Quand, deux longues heures plus tard, nous revînmes à la maison, M. Rafael s'en allait ; Mario était toujours étendu à la même place et gémissait tout bas, la bouche contre terre, la cicatrice plus violette et plus misérable qu'un clown en plein carême ; je crus que ma sœur allait faire un éclat, mais elle prit seulement le petit pour le recoucher dans le coffre à pain... Elle me parut, ce jour-là, plus belle que jamais, avec sa robe bleue comme le ciel et son air de mère sauvage, elle qui n'avait pas eu d'enfant et n'en aurait jamais...

Quand M. Rafael s'en fut allé, ma mère prit Mario, le coucha dans sa jupe et, toute la nuit, lécha sa blessure comme une chienne qui vient d'accoucher lèche ses petits ; l'enfant se laissait faire et souriait... Il s'endormit, gardant aux lèvres la trace de son sourire. Ce fut cette nuit-là, sans aucun doute, la seule fois de sa vie qu'il sourit...

Il devait ensuite, pour quelque temps, échapper au malheur, mais celui que le destin poursuit ne peut s'en délivrer, même en se cachant sous les pierres : un jour vint où, ne le voyant nulle part, on finit par le trouver noyé dans une jarre d'huile. C'est ma sœur Rosario qui fit la découverte... Il avait la position d'une chouette voleuse prise au lacet ; renversé sur le bord de la jarre, avec le nez contre le fond, dans la lie... Quand on le releva, un filet d'huile coulait de sa bouche, comme si un écheveau d'or se dévidait dans son ventre ; ses cheveux, qu'il avait gardés toute sa vie de la couleur terne de la cendre, brillaient d'un éclat si vif qu'il avait dans la mort l'air d'un ressuscité. C'est là tout ce que la fin de Mario me rappelle d'étrange...

Ma mère ne devait pas non plus pleurer la mort de son fils ; il aurait mieux valu qu'elle restât stérile, puisque son cœur était si dur qu'elle n'avait pas de larmes pour le malheur de son enfant... Quant à moi, j'avoue sans honte que je pleurai, ainsi que ma sœur Rosario, et j'éprouvai tant de haine pour ma mère, une haine qui devait grandir si vite, que je me fis bientôt peur à moi-même. La femme qui ne pleure pas est comme la fontaine qui ne donne pas d'eau, qui ne sert à rien, ou comme l'oiseau du ciel qui ne chante pas, à qui Dieu pourrait, s'il voulait, retirer les ailes, parce que la sale bête n'en a plus besoin.

Je me suis demandé souvent et, pour dire vrai, je me demande encore maintenant comment j'avais cessé de respecter ma mère et comment j'avais perdu, au long des années, l'affection et même la retenue qu'elle m'inspirait. J'y ai pensé beaucoup, afin de préciser mes souvenirs et de savoir à quel moment elle avait cessé d'être une mère en mon cœur, et à quel moment aussi elle était devenue mon ennemie. Une ennemie enragée, car il n'est pire haine que celle du même sang ; une ennemie qui épuisait tout mon venin, car il est plus facile de haïr l'être à qui l'on ressemble, d'une ressemblance détestée. J'y ai pensé beaucoup, sans rien éclaircir du tout. Je peux seulement dire que j'avais cessé depuis longtemps de la respecter, faute d'avoir trouvé chez elle une qualité à imiter, un don de Dieu à copier ; mais elle avait dû quitter mon cœur lorsque j'avais vu tant de mal en elle qu'il ne m'avait plus été possible de l'aimer. Pour la haïr, ce qui s'appelle haïr, je dus mettre encore quelque temps — car ni l'amour ni la haine n'ont été le fait d'un seul jour —, mais je ne pense pas me tromper beaucoup en indiquant l'époque où mourut Mario.

Il nous fallut sécher le corps du petit dans des toiles de lin, pour éviter qu'il ne s'en allât trop graisseux au Jugement, et l'habiller de notre mieux avec de la percale que nous avions chez nous, des espadrilles que j'allai chercher au village et sa petite cravate mauve, nouée à son cou tel un papillon innocemment posé sur un mort. M. Rafael fit le charitable pour celui qu'il avait si mal traité de son vivant et nous aida à préparer le cercueil. L'homme allait et venait de tous côtés, empressé et fier comme une mariée ; il apportait des clous ici, là une planche, un pot de céruse. Je dus concentrer toute mon attention sur son empressement et sa vanité, tant j'enrageais — sans savoir alors ni maintenant pourquoi — de le voir ainsi boire du petit-lait. Quand il disait d'un air pénétré : « Dieu l'a voulu ! Les petits anges au ciel !... », il me laissait si pensif que j'ai peine à me rappeler ce qui se passait en moi. Sans cesse il répétait comme un refrain, en clouant ses planches et mettant sa peinture :

— Les petits anges au ciel ! Les petits anges au ciel !...

Et mon cœur, à ces mots, battait comme une horloge... Une horloge qui finirait par me défoncer la poitrine... Une horloge affolée par les paroles sentencieuses du vieux, par ces yeux humides et bleus de vipère qui mendiaient ma sympathie, quand seule la haine la plus profonde ruisselait pour lui dans mes veines... Je me souviens avec dégoût de ces heures-là...

— Les petits anges au ciel ! Les petits anges au ciel !...

Le fils de garce, qu'il savait bien feindre ! Mais laissons-le.

Je n'ai jamais su — en fait je n'y pensais guère — comment pouvaient être les anges ; quelquefois je les imaginais blonds, vêtus de longues robes bleues ou roses et, d'autres fois, je les croyais de la couleur des nuages et plus élancés encore que les tiges de blé. Mais j'étais toujours bien sûr qu'ils n'avaient rien de commun avec mon frère Mario, et c'est pourquoi je soupçonnais qu'il y avait anguille sous roche en entendant parler M. Rafael, et je me demandais quelle intention maligne et quel sous-entendu il convenait d'attendre d'un homme aussi méchant.

L'enterrement, comme celui de mon père des années

auparavant, fut misérable et ennuyeux ; sans mentir, il n'y avait pas plus de cinq ou six personnes derrière le cercueil : don Manuel, Santiago l'enfant de chœur, Lola, trois ou quatre vieilles et moi. Devant marchait Santiago avec la croix, sifflotant et donnant des coups de pied dans les cailloux ; puis venaient le cercueil et don Manuel, l'air d'un coiffeur avec le surplis blanc passé sur la soutane ; les vieilles suivaient, pleurant et gémissant à tel point que toutes ensemble on les aurait prises pour les mères de celui qui, enfermé, s'en allait vers la terre...

Lola m'était déjà pour lors à demi fiancée, à demi seulement, car, en réalité, malgré mon penchant pour elle, je n'avais jamais osé lui dire une seule parole d'amour, je craignais son mépris ; elle avait beau tout faire la plupart du temps pour me décider, j'étais vaincu par la timidité et reculais sans cesse l'affaire, qui durait déjà plus qu'il n'eût fallu. Je devais approcher de mes vingt-huit ou trente ans et elle, un peu plus jeune que ma sœur Rosario, de ses vingt et un ou vingt-deux. Elle était grande, avec un teint brun, des cheveux foncés et des yeux si profonds et si noirs qu'ils blessaient la vue ; ses chairs étaient fermes et comme gonflées par toute la santé qu'elle avait ; elle était si épanouie qu'elle semblait déjà femme. Or, avant d'aller plus loin et de peur de l'oublier, je tiens à vous dire, pour m'en tenir à la stricte vérité, qu'elle était à ce moment-là aussi intacte qu'à sa naissance et n'avait pas plus connu d'homme qu'une novice. Je le dis nettement pour qu'il n'y ait pas d'équivoque à son sujet. Ce qu'elle devait faire plus tard — Dieu seul le sait exactement — regardait sa conscience ; mais ce qu'elle fit en ce temps-là était, j'en suis sûr, si dépourvu de luxure que je n'hésiterais pas un seul instant à donner mon âme au diable si l'on me prouvait le contraire. Elle avait tant de force et d'assurance, elle était si fière et libre d'allure qu'elle avait l'air de tout, sauf d'une pauvre paysanne ; la touffe de cheveux dont elle se faisait une grosse tresse sous la nuque donnait une telle sensation de puissance que, devenu son mari quelques mois plus tard, j'avais plaisir à m'en fouetter les joues pour sa douceur et son parfum : odeur de soleil et de thym, odeur des petites gouttes froides de sueur qui perlaient à son duvet quand elle avait chaud...

L'enterrement, pour en revenir à ce que je disais, se passa sans encombre ; la fosse était déjà faite et il suffit d'y déposer mon frère et de le recouvrir de terre. Don Manuel récita du latin et les femmes s'agenouillèrent. Comme Lola se mettait à genoux, je vis ses jambes, blanches et fermes sous les bas noirs... J'ai honte de ce que je vais dire, mais que Dieu veuille utiliser pour le salut de mon âme toute la peine qu'il m'en coûte : à ce moment-là, je me réjouis de la mort de mon frère... Les jambes de Lola brillaient comme de l'argent, le sang venait battre mon front et mon cœur paraissait vouloir sortir de ma poitrine...

. . . .

Je ne vis partir ni don Manuel ni les femmes. J'étais comme stupide en reprenant contact avec la vie, assis sur la terre fraîchement remuée, au-dessus du cadavre de Mario ; la raison qui me fit rester là et le temps que j'y passai sont deux choses que je ne vérifiai jamais. Je me rappelle que le sang continuait de battre à mes tempes, que mon cœur voulait toujours éclater... Le soleil se couchait ; ses derniers rayons venaient se clouer dans le triste cyprès, ma seule compagnie... Il faisait chaud ; des frissons me glissèrent par tout le corps ; je ne pouvais bouger ; j'étais cloué comme par le regard d'un loup…

Lola était debout, près de moi ; ses seins montaient et descendaient avec son souffle…

— Toi ?

— Tu vois !

— Que fais-tu ici ?

— Moi ? Rien… Je suis venue.

Je me levai et la pris par un bras.

— Que fais-tu ici ?

— Mais rien ! Tu vois bien. Rien !…

Lola me regardait avec des yeux effrayants. Sa voix semblait venir de l'au-delà, grave et caverneuse comme celle d'une apparition…

— Tu es comme ton frère !

— Moi ?

— Toi ! Oui !

. . . .

Ce fut une lutte féroce. Jetée à terre, maîtrisée, elle était plus belle que jamais… Ses seins montaient et descendaient avec son souffle, toujours plus vite… Je l'avais prise par les cheveux et la tenais bien contre terre… Elle se débattait, se glissait…

Je la mordis jusqu'au sang et elle me fut douce et docile comme une jeune jument…

. . . .

— C'est cela que tu veux ?

— Oui !

Lola me souriait de ses dents toutes pareilles… Ensuite elle me caressait les cheveux.

— Tu n'es pas comme ton frère ! Tu es un homme !...

Les mots résonnaient un peu sur ses lèvres...

— Tu es un homme !... Tu es un homme !...

La terre était molle, je m'en souviens bien... Et sur la terre, une demi-douzaine de coquelicots pour mon frère mort : six gouttes de sang...

— Tu n'es pas comme ton frère ! Tu es un homme !...

— Tu m'aimes ?

— Oui !...

Voilà quinze jours que la Providence ne m'a plus permis d'écrire ; pris par les interrogatoires, les visites de mon défenseur et par mon transfert à cette nouvelle prison, je n'ai pas eu le temps de prendre la plume. Je viens maintenant de relire cette liasse, peu importante encore, de feuillets, et les idées les plus diverses se mêlent dans ma tête avec une telle précipitation, un tel trouble que je ne sais plus, malgré tous mes efforts, à quoi m'en tenir. Jusqu'ici mon histoire, comme vous avez pu voir, est bien triste, mais les forces vont, je pense, me manquer pour écrire la suite, plus malheureuse encore. Je m'effraie de voir combien la mémoire m'est fidèle à cette heure où tous les actes de ma vie — sur lesquels, hélas ! je ne puis revenir — vont s'inscrire sur ces papiers aussi nettement que sur une tablette de cire ; il est amusant — et triste aussi, Dieu le sait bien ! — de songer qu'un pareil effort de mémoire, accompli des années plus tôt, m'aurait épargné d'écrire aujourd'hui dans une cellule ; à cette heure-ci, je prendrais le soleil dans la cour, je pêcherais des anguilles dans le ruisseau ou chasserais des lapins dans la montagne… Je ferais l'une de ces choses que font — sans le savoir — la plupart des hommes ; je serais libre, comme sont libres — sans le savoir non plus — la plupart des hommes ; j'aurais devant moi Dieu sait combien d'années à vivre, comme en ont — sans savoir qu'ils peuvent lentement les dépenser — la plupart des hommes...

Ce nouvel endroit où l'on m'a conduit est meilleur ; par la fenêtre, on voit un petit jardin, entretenu et poli comme un salon ; au-delà, vers la montagne, s'étend la plaine, brune comme la peau des hommes, où passent, parfois, des files de mules qui vont au Portugal, des petits ânes qui vont vers les cabanes, des femmes et des enfants qui vont seulement jusqu'au puits...

Je respire l'air qui entre dans ma cellule, l'air qui en sort, car il n'a pas d'importance, l'air que demain peut-être ou quelque autre jour respirera le muletier qui passe... Je vois le papillon aux mille couleurs voleter gauchement sur les tournesols, entrer dans ma cellule, faire deux tours et sortir, car il n'a pas d'importance, le papillon qui finira peut-être par se poser sur l'oreiller du directeur... J'attrape dans mon bonnet la souris qui mange mes restes, je la regarde, je la laisse, car elle n'a pas d'importance et je vois comment elle m'échappe à pas légers pour s'abriter dans son trou, ce trou dont elle sort pour manger le repas de l'étranger, de celui qui passe un temps dans la cellule et s'en va, le plus souvent, vers l'enfer...

Vous n'allez pas me croire, mais, à ces moments-là, j'éprouve tant de tristesse et d'angoisse que mon repentir, je vous assure, doit approcher de celui d'un saint ; vous n'allez pas me croire, car vous connaissez de moi trop de mal et m'avez jugé d'après lui, et pourtant... Je vous dis ceci pour garder tout en parlant l'espoir que vous allez me comprendre et croire ce que je n'ose jurer sur un honneur déjà bien compromis... Mon cœur, au lieu de sang, doit fabriquer de l'aloès, tant j'ai d'amertume à la gorge ; je la sens monter et descendre dans ma poitrine ; elle me laisse un goût acide au palais ; ma langue s'imprègne de son odeur et j'ai l'intérieur desséché par son haleine funèbre et moisie comme celle d'un caveau...

J'ai cessé quelque temps d'écrire ; voilà peut-être vingt minutes, peut-être une heure, peut-être deux... Sur le chemin — comme on les voyait bien de ma fenêtre ! —, des gens passaient. Ils ignoraient sans doute que je les regardais, tant ils marchaient avec naturel. Il y avait deux hommes, une femme, un enfant ; ils paraissaient heureux d'aller sur le chemin... Les hommes pouvaient avoir chacun trente ans, la femme un peu moins, l'enfant pas plus de six. Celui-ci marchait pieds nus, folâtrant comme les chèvres alentour des troupeaux, vêtu d'une camisole qui lui laissait le ventre à l'air... Il trottait quelques pas devant, s'arrêtait, jetait une pierre à l'oiseau qui passait... Il ne lui ressemblait pas du tout et, pourtant, qu'il me rappelait mon frère Mario !

La femme devait être la mère ; elle avait le teint brun, comme toutes, et une telle joie par tout le corps qu'elle faisait plaisir à regarder... Elle était bien différente de ma mère et, pourtant, comme elle m'y faisait penser !...

Pardonnez-moi, mais je ne peux continuer. J'ai des larmes dans les yeux. Vous savez aussi bien que moi qu'il n'est pas digne d'un homme de se laisser surprendre par les larmes comme une femme.

Je vais poursuivre mon récit ; il est triste, je le sais bien, mais moins triste pourtant que toutes ces pensées philosophiques que ne supporte pas mon cœur ; mon cœur, cette machine à fabriquer le sang qui jaillit sous le couteau...

. . . .

Mes relations avec Lola prirent le tour que vous imaginez ; le temps passa, et il s'était à peine écoulé cinq mois depuis l'enterrement de mon frère quand je fus surpris — voyez comme sont les choses — par la nouvelle qui aurait dû le moins me surprendre.

C'était le jour de la Saint-Charles, en novembre. J'étais allé chez Lola, comme tous les jours depuis des mois ; sa mère, à son habitude, s'était levée pour sortir. Je trouvai mon amie toute pâle, avec un drôle d'air, que je m'expliquai par la suite ; elle semblait avoir pleuré, être angoissée par une peine profonde... Notre conversation n'avait jamais brillé par son animation, mais, ce jour-là, le son même de nos voix nous effrayait, comme le bruit des pas effraie les grillons et le chant du promeneur les perdrix : chacun de mes essais pour parler se brisait dans ma gorge, sèche comme un mur...

— A ton gré... Si tu ne veux pas parler...

— Mais si, je le veux !

— Alors, parle... Je te gêne ?

— Pascal !...

— Quoi ?

— Sais-tu ?

— Non.

— Tu n'imagines rien non plus ?

— Non.

Je souris maintenant d'avoir mis tout ce temps pour trouver...

— Pascal !...

— Quoi ?

— Je suis enceinte !...

D'abord je ne compris pas. Je restai muet, tant j'étais surpris ; jamais je n'avais pensé que ce qu'elle m'annonçait, cette chose si naturelle, pouvait arriver ; je ne sais où j'avais la tête...

Le sang me brûlait les oreilles, qui devinrent rouges comme des braises ; les yeux me cuisaient comme s'ils avaient été pleins de savon...

Dix minutes peut-être passèrent dans un silence de mort. Je sentais le sang battre à mes tempes, des coups hachés comme ceux d'une horloge ; je mis quelque temps à m'en apercevoir...

La respiration de Lola sifflait comme une flûte.

— Tu es enceinte ?

— Oui !

Elle se mit à pleurer. Je ne trouvais rien pour la consoler.

— Ne fais pas la bête. Les uns meurent... d'autres naissent...

Peut-être Dieu voudra-t-il dans l'autre monde alléger mes peines pour toute la tendresse que j'éprouvai cet après-midi-là.

— Qu'y a-t-il d'étonnant ? Ta mère aussi fut enceinte avant ta naissance... et la mienne aussi...

Je faisais des efforts inouïs pour dire quelque chose. Lola semblait changée, toute bouleversée.

— C'est toujours ce qui arrive, voyons ! Pourquoi t'affliger ?

Je regardais le ventre de Lola ; on ne remarquait rien. Elle était plus belle que jamais, toute pâle et ses cheveux défaits. Je m'approchai d'elle et l'embrassai sur la joue ; elle était froide comme une morte... Lola se laissait embrasser, sa bouche avait le sourire d'une martyre des anciens temps...

— Es-tu contente ?

— Oui !... Très contente !

. . . .

— M'aimes-tu... comme cela ?

— Oui, Lola... comme cela.

C'était vrai. Je l'aimais telle qu'elle était alors... jeune, avec un enfant dans le ventre ; un enfant de moi, que je pensais — à ce moment-là — pouvoir élever et dont je voulais faire un homme comme il faut...

— Nous allons nous marier, Lola ; il n'y a qu'à préparer les papiers... Cela ne peut continuer ainsi...

— Non...

La voix de Lola n'était qu'un souffle.

— Et je veux montrer à ta mère que je sais me conduire en homme.

— Elle le sait bien...

— Non, elle ne le sait pas !

Quand je pensai partir, la nuit était tombée.

— Appelle ta mère.

— Ma mère ?

— Oui.

— Pourquoi ?

— Pour lui dire.

— Elle sait déjà.

— Sans doute... Mais je veux le lui dire moi-même !

Lola se leva — qu'elle me semblait grande ! — et

sortit. Comme elle passait la porte de la cuisine, je la trouvai très à mon goût…

La mère entra presque aussitôt.

— Que veux-tu ?

— Vous le savez.

— As-tu vu dans quel état tu l'as mise ?

— Elle n'est pas si mal.

— Ah ! tu trouves ?

— Oui ! Ne serait-elle pas en âge ?

La mère se taisait ; je ne l'aurais jamais crue si clémente.

— Je voulais vous parler.

— De quoi ?

— De votre fille. Je vais l'épouser…

— C'est bien le moins. Tu es décidé pour de bon ?

— Oui, je le suis.

— Et tu y as bien pensé ?

— Oui, très bien.

— En si peu de temps ?

— J'en ai eu de reste.

— Alors, attends ; je vais l'appeler.

La vieille sortit et mit longtemps à revenir ; elles devaient discuter. Quand elle revint, elle amenait Lola par la main.

— Voilà ; il veut se marier. Et toi, tu veux bien ?

— Oui…

— Alors, c'est bon… Pascal est un brave garçon ; je savais ce qu'il ferait… Allez, embrassez-vous !

— C'est déjà fait.

— Eh bien ! recommencez. Allez, que je vous voie.

Je m'approchai de la fille et l'embrassai ; je l'embrassai intensément, de toutes mes forces, bien serrée dans mon épaule, indifférent à la présence de la mère.

Pourtant... ce premier baiser autorisé n'eut guère de saveur pour moi, beaucoup moins que les premiers baisers dans le cimetière, si lointains déjà.

— Je peux rester ?

— Oui, reste.

— Non, Pascal, ne reste pas, pas encore.

— Si, ma fille, si, qu'il reste. Ne va-t-il pas être ton mari ?

Je restai et passai la nuit avec elle...

Le lendemain, de bon matin, je me dirigeai vers l'église ; j'entrai dans la sacristie. Don Manuel allait dire sa messe, cette messe qu'il disait pour don Jésus, pour la gouvernante et deux ou trois autres vieilles. Il fut surpris de mon arrivée.

— Te voilà ?

— Oui, don Manuel, je venais vous parler.

— Tu en as pour longtemps ?

— Oui, monsieur.

— Peux-tu attendre que j'aie dit la messe ?

— Oui, monsieur. Je ne suis pas pressé.

— Alors, attends-moi.

Don Manuel ouvrit la porte de la sacristie et m'indiqua un banc, un banc comme on en voit dans toutes les églises, en bois blanc, dur et froid comme la pierre, mais où l'on passe quelquefois de si bons moments...

— Assieds-toi là. Quand tu verras don Jésus s'agenouiller, agenouille-toi ; quand tu le verras se lever, lève-toi et, quand tu le verras s'asseoir, assieds-toi, toi aussi...

— Oui, monsieur.

La messe, comme toutes, dura environ une demi-heure, mais cette demi-heure passa pour moi en un clin d'œil...

Ensuite je retournai à la sacristie. Don Manuel retirait ses ornements.

— Alors...

— Voilà... Je voudrais me marier.

— Bonne idée, mon fils, très bonne idée ; c'est pour cela que Dieu a créé l'homme et la femme, pour perpétuer la race humaine.

— Oui, monsieur.

— Bien, bien... Et avec qui ? Avec Lola ?

— Oui, monsieur.

— Tu y penses depuis longtemps ?

— Non, monsieur ; depuis hier...

— Depuis hier seulement ?

— Oui, seulement. Hier elle m'a dit ce qui lui arrivait.

— Il lui arrivait quelque chose ?

— Oui...

— Enceinte ?

— Oui, monsieur. Enceinte.

— Alors oui, mon fils, le mieux, c'est de vous marier. Dieu vous pardonnera tout et, devant les hommes aussi, vous y gagnerez en considération. Lorsqu'un enfant naît hors du mariage, c'est un péché et une honte. Lorsqu'il naît de parents chrétiennement mariés, c'est une bénédiction... Je t'arrangerai les papiers. Vous êtes cousins ?

— Non, monsieur.

— Cela vaut mieux. Reviens me voir dans quinze jours ; je t'aurai tout préparé.

— Oui, monsieur.

— Où vas-tu maintenant ?

— Vous voyez... Travailler !

— Et tu ne voudrais pas d'abord te confesser ?

— Si...

M'étant confessé, je me trouvai doux et lisse comme après un bain d'eau chaude...

Un peu plus d'un mois après, le 12 décembre, fête de la Vierge de Guadalupe qui tomba, cette année-là, un mercredi, Lola et moi, parfaitement en règle avec l'Église, nous nous sommes mariés.

J'étais soucieux et grave, comme si j'avais craint le pas que j'allais faire — se marier est une chose très sérieuse, que diable ! — et je me sentais, à certains moments, si déprimé que je faillis bien, je vous assure, faire marche arrière et tout envoyer promener ; un scandale pourtant n'aurait rien résolu, et je compris qu'il valait mieux rester tranquille et laisser les événements suivre leur cours ; peut-être les moutons ne pensent-ils pas autre chose sur le chemin de l'abattoir... La date approchant, je crus devenir fou. Peut-être mon flair m'avertissait-il du malheur qui m'attendait... Hélas ! ce même flair ne m'assurait pas que, célibataire, je serais plus heureux...

Je dépensai pour la noce mes quelques économies — car on peut se marier à contrecœur et faire les choses comme il faut —, aussi, sans être brillante, fit-elle autant de bruit qu'une autre. Je fis mettre dans l'église des coquelicots et des bouquets de romarin fleuri ; elle avait un air gai et accueillant, peut-être parce que le sapin des bancs et les dalles du sol n'étaient plus aussi froids. Lola était en noir, avec une robe ajustée du meilleur lin, un voile de dentelle, cadeau de la marraine, et des fleurs d'oranger à la main, si gracieuse et si pleine de son rôle qu'elle avait vraiment l'air d'une reine ; je portais un beau complet bleu à raies rouges, venu tout droit de Badajoz, un chapeau de satin noir que j'étrennai ce jour-là, un mouchoir de soie et une chaîne de montre. Nous faisions un joli couple, je vous assure, avec notre jeunesse et notre prestance !... Heureux temps où l'on semblait encore croire au bonheur, comme vous êtes loin maintenant !..

Nous eûmes pour parrain[1] Sébastian, le fils de don Raimundo, le pharmacien, et pour marraine Mme Aurora, la sœur de don Manuel, le curé. Don Manuel nous donna la bénédiction et, pour finir, nous fit un sermon, trois fois long comme la cérémonie et si ennuyeux qu'il me fallut — Dieu le sait bien — le croire obligatoire pour le supporter. Il nous parla à nouveau de la perpétuation de l'espèce, nous cita le pape Léon XIII, nous dit je ne sais quoi de saint Paul et des esclaves... Bien sûr, l'homme avait soigneusement préparé son discours !

La cérémonie religieuse terminée — j'allais désespérer de la voir finir, — nous prîmes tous, en cortège, le chemin de ma maison, où, sans grandes commodités, mais avec la meilleure volonté du monde, nous avions préparé à manger et à boire en quantité suffisante pour contenter tous ceux qui vinrent et même le double, s'il avait fallu. Pour les femmes, il y avait du chocolat avec des beignets, des galettes aux amandes, des biscuits et de la pâte de figues ; pour les hommes, de la *manzanilla*[2]

1. Il est d'usage, en Espagne, de prendre pour son mariage un parrain et une marraine (*N.d.T.*).

2. Vin blanc d'Andalousie, assez riche en alcool (*N.d.T.*).

et des assiettes de saucisson, de boudin, d'olives, de sardines en conserve... Je sais qu'il y eut dans le village des gens pour me reprocher de n'avoir pas fait de repas, libre à eux ! Je n'aurais certes pas dépensé plus en leur faisant ce plaisir, mais je m'y refusai, pressé de partir avec ma femme. Je suis sûr d'avoir fait — et bien fait — tout ce qu'il fallait, cela me suffit ; quant aux critiques... mieux vaut n'y pas faire attention !

Je fis les honneurs à mes invités et, dès que l'occasion s'en présenta, j'emmenai ma femme, l'installai en croupe de la jument que M. Vicente m'avait prêtée à cet effet et, à petits pas, comme si j'avais craint de la faire tomber, je pris le chemin de Mérida, pour y passer trois jours, les trois jours les plus heureux peut-être de ma vie... En route, on fit halte une demi-douzaine de fois, histoire de se dégourdir un peu et je m'étonne maintenant au souvenir de la folie qui nous poussait à cueillir des marguerites pour nous les mettre sur la tête. Les jeunes mariés semblent soudain retrouver la candeur de l'enfance...

A petit trot calme et régulier, nous entrions dans la ville par le pont romain, quand, par malheur, la jument fit un écart — à la vue du fleuve peut-être — et bouscula si fort une pauvre vieille qui passait par là qu'elle faillit lui casser la tête et lui faire faire un plongeon dans le Guadiana. Je sautai vite de cheval pour la secourir, car d'honnêtes gens ne pouvaient passer outre, mais, voyant que la vieille en était quitte pour la peur, je lui donnai un réal — pour lui fermer le bec — et deux petites tapes sur l'épaule, avant d'aller retrouver Lola. Celle-ci souriait et son sourire, croyez-moi, me fit très mal ; sans doute était-ce un pressentiment, une sorte d'avertissement de ce qui devait lui arriver. Il est mal de rire du malheur d'autrui, croyez-en un homme qui fut très malheureux toute sa vie ; Dieu n'a pas besoin de bâton ni de pierre pour punir ; ne sait-on pas déjà que celui qui tue avec l'épée... Sans compter que, même sans cela, il n'est jamais superflu d'être bon.

Nous logeâmes à la *Posada du Merle,* dans une grande chambre à droite en entrant, et nous étions si amoureux que, les deux premiers jours, nous ne mîmes pas le nez dehors. Il faisait bon dans la chambre ; elle était vaste, avec un plafond très haut, étayé de poutres solides en châtaignier, un sol proprement dallé et des meubles commodes et nombreux, que l'on avait un vrai plaisir à utiliser. Le souvenir de cette chambre-là m'a suivi toute ma vie comme un ami fidèle. Le lit était le lit le plus bourgeois que j'aie jamais vu, avec sa tête en noyer sculpté et ses quatre matelas de laine cardée... Qu'on y reposait bien ! Un vrai lit de roi !... Il y avait aussi une commode, haute, ventrue comme une matrone, munie de quatre profonds tiroirs à poignées dorées, et une armoire qui atteignait le plafond, avec une grande glace et deux élégants candélabres — du même bois que l'armoire — situés de chaque côté pour mettre l'image en valeur... Le lavabo lui-même — si négligé d'ordinaire — était joli dans cette pièce ; ses pieds de bambou incurvés et légers, sa cuvette de faïence blanche, avec de petits oiseaux peints sur le bord, lui donnaient une grâce sympathique... On voyait, au-dessus du lit, un grand chromo, en quatre couleurs, représentant le Christ pendant la Passion, et au mur un tambourin avec une image colorée de la Giralda de Séville et des pompons jaunes et rouges ; deux paires de castagnettes encadraient une peinture du Cirque romain, de grand mérite, à mon sens, vu sa parfaite exactitude. Il y avait aussi une pendule sur la commode, avec une petite sphère figurant le globe terrestre et reposant sur les épaules d'un homme nu, et deux jarrons de Talavera, avec leurs dessins bleus un peu anciens déjà, mais toujours riches de cet éclat qui les rend si plaisants. Sur les six chaises, deux avaient des bras ; recouvertes d'une peluche douillette et colorée, elles étaient toutes hautes de dossier, solides sur leurs pieds et si commodes que je les regrettai fort en m'en allant, et plus encore depuis mon arrivée ici. Je m'en souviens toujours, malgré les années écoulées !

Ma femme et moi nous passions notre temps à jouir de tout ce confort et, comme je l'ai dit, la rue n'avait au début aucun attrait pour nous. N'avions-nous pas à l'intérieur des avantages que tout le reste de la ville ne pouvait nous offrir ?

C'est une mauvaise chose que le malheur, croyez-moi. Le bonheur de ces deux jours-là m'étonnait déjà par sa perfection...

Le troisième jour, le samedi, signalés sans doute par les parents de la vieille que nous avions bousculée en arrivant, nous nous trouvâmes nez à nez avec les gendarmes. Apprenant que la Garde civile était par là, les gamins s'amassèrent en foule à la porte, nous donnant une aubade qui devait, un mois durant, tinter à nos oreilles. Quelle cruauté malsaine l'odeur des prisonniers peut-elle donc éveiller chez les enfants ? Ils nous contemplent comme des bêtes curieuses, les yeux tout allumés, un petit sourire vicieux aux lèvres, comme s'ils regardaient la brebis qu'on égorge à l'abattoir — cette brebis qui mouille d'un sang tiède les espadrilles —, ou le chien que la voiture vient d'écraser — ce chien que l'on touche avec un bâton pour voir s'il est encore vivant —, ou les cinq petits chats nouveau-nés que l'on noie dans le bassin, ces cinq petits chats à qui l'on jette des pierres, ces cinq petits chats que l'on retire de temps en temps pour les voir, pour prolonger leur vie un petit peu — on leur veut tant de mal —, pour éviter qu'ils ne cessent trop vite de souffrir... L'arrivée des gendarmes me troubla d'abord un peu et, malgré mes efforts, je crains bien de n'avoir guère paru calme. Un garçon d'environ vingt-cinq ans accompagnait la Garde civile, le petit-fils de la vieille sans doute, grand dadais, vaniteux comme on l'est à son âge. Ce fut ma providence. Vous savez qu'avec les hommes rien ne vaut la flatterie et le tintement des pièces d'argent ; à peine l'avais-je appelé joli-cœur, lui glissant dans la main six pesetas, qu'il filait, plus rapide que l'éclair et plus joyeux que castagnettes, priant Dieu — j'en suis sûr — de voir souvent la grand-mère sous les pieds des chevaux. Déconcertée sans doute par le subit bon sens de la partie plaignante, la Garde civile se tira les moustaches, se gratta la gorge, me parla du danger d'éperonner sans crier gare et, ce qui valait mieux, partit sans m'importuner davantage.

Lola semblait glacée d'effroi par cette visite, mais comme, en dépit de sa facilité à s'émouvoir, elle n'était pas peureuse, son trouble passa vite, la couleur revint à ses joues, l'éclat à son regard et le sourire à ses lèvres, de sorte qu'elle fut bientôt aussi jolie et plus décidée que jamais.

C'est à ce moment-là, je m'en souviens bien, que je remarquai pour la première fois quelque chose d'étrange dans son ventre ; j'en fus tout remué et tranquillisé aussi, malgré mes craintes, car je commençais à m'inquiéter de n'être pas ému à l'idée d'un premier enfant. On voyait pourtant bien peu de chose, et je ne l'aurais pas remarqué sans doute, si je ne l'avais su...

Nous achetâmes à Mérida quelques fantaisies pour la maison, mais, comme nous n'avions pas beaucoup d'argent et que la somme avait été écornée par les six pesetas données au petit-fils de la vieille, je décidai de revenir au village, pour ne pas vider ma bourse jusqu'au dernier ochavo. Je sellai de nouveau la jument, lui passai les sangles et les rênes de fête de M. Vicente, roulai la couverture à l'arçon et partis — ma femme en croupe comme à l'aller — pour regagner Torremejia. Ma maison se trouvait, vous le savez, sur la route d'Almendralejo ; venant de Mérida, il nous fallait traverser tout le village, et les voisins, en cette fin d'après-midi, purent nous voir arriver — si fiers d'allure — et nous témoigner par leur accueil l'amitié qu'ils avaient alors pour nous. Je fis halte et, réclamé par mes compagnons de jeunesse et de travail, je sautai pardessus la tête du cheval, pour ne pas blesser Lola d'un coup de pied, et m'en fus avec eux ; ils me portèrent en triomphe jusqu'à la taverne de Martinete *El Gallo,* où nous entrâmes en avalanche au milieu des chansons ; le propriétaire me serra sur son ventre et je faillis m'évanouir, à demi asphyxié par son étreinte et par l'odeur de vin blanc qu'il dégageait. J'embrassai Lola sur la joue et l'envoyai m'attendre à la maison avec ses amies ; elle partit, en amazone sur la belle jument, élancée et orgueilleuse comme une infante, bien loin de se douter — comme toujours en ces cas-là — que l'animal allait causer notre premier malheur.

Dans la taverne, avec une guitare, beaucoup de vin et pas mal de gaieté, nous étions tous à notre affaire, rayonnants, réjouis et si loin du monde que le temps passait pour nous, entre verres et chansons, sans en avoir l'air. Zacarias, le fils de M. Julian, s'avança pour des séguedilles. Qu'il était plaisant d'entendre sa voix, douce comme celle d'un chardonneret ! Quand il chantait, nous demeurions tous silencieux — avant d'être ivres tout au moins — et nous l'écoutions bouche bée ; mais bientôt, à force de boire et de parler, l'animation nous gagnant, l'on chanta en chœur ; nous hurlions sans retenue, mais il nous arrivait aussi de dire des choses drôles et tout nous était pardonné.

Hélas ! on ne sait jamais où mènent ces réjouissances entre hommes, sinon bien des malheurs seraient épargnés ; de fait, la soirée chez *El Gallo* finit mal, nul n'ayant su parmi nous s'arrêter à temps. Ce fut bien simple, simple comme ces choses qui viennent le plus nous compliquer la vie.

On dit que le poisson est pris par la gueule et que trop parler nuit, on dit aussi qu'il n'entre mouche en bouche cousue et, ma parole, il doit y avoir du vrai là-dedans, car, si Zacarias s'était tu comme un garçon raisonnable et s'était mêlé de ses affaires, il aurait évité, pour lors, quelques inconvénients et maintenant ne prédirait pas la pluie aux voisins avec ses trois cicatrices. Le vin n'est pas de bon conseil...

Zacarias, au milieu du tapage, voulut faire le malin, nous racontant je ne sais quelle histoire de tendre ravisseur, dont j'aurais bien juré sur le moment — et maintenant encore — qu'elle était à mon intention ; je ne fus jamais susceptible, mais il est des attaques si directes — ou qui semblent telles — qu'on ne peut les souffrir sans sortir de ses gonds et bondir. Je l'interpellai :

— Je ne vois pas ce qu'il y a de drôle !

— Comment, Pascal ? Tout le monde a compris.

— C'est possible. Mais il n'est pas très élégant de faire rire les uns aux dépens des autres.

— Ne te fâche pas, Pascal ; tu sais, celui qui se fâche...

— Ni très élégant non plus de se tirer des insultes par des plaisanteries.

— C'est à moi que tu parles ?

— Non, c'est au pape.

— Voilà bien des menaces pour un homme de rien du tout !

— Des menaces que je tiens.

— Que tu tiens ?

— Oui !

Je me levai.

— Veux-tu que nous sortions ?

— Pas la peine !

— Tu fais le malin !

Les amis s'écartèrent, car jamais homme n'empêche une lutte au couteau...

J'ouvris le mien avec grand soin ; dans ces moments-là, trop de hâte, une erreur peuvent entraîner le pire. On aurait entendu voler une mouche, tant le silence était grand...

Je me redressai, m'avançai vers lui et, sans lui laisser le temps de se mettre en position, je lui donnai trois coups de couteau qui le firent tituber. Tandis qu'on l'emportait à la pharmacie de don Raimundo, son sang jaillissait comme l'eau d'une fontaine...

Je pris le chemin de chez moi, accompagné de trois ou quatre amis et assez ennuyé de ce qui venait d'arriver.

— Pas de chance... trois jours après la noce.

Nous marchions silencieux, tête basse, accablés.

— C'est lui qui l'a voulu ; j'ai la conscience bien tranquille. S'il n'avait pas parlé !...

— N'y pense plus, Pascal.

— Eh ! c'est que je le regrette ! Maintenant que c'est fini !

C'était déjà le petit matin, les coqs chantaient à plein gosier. La campagne sentait les bruyères et le thym.

— Où l'ai-je touché ?

— A l'épaule.

— Plusieurs fois ?

— Trois.

— Il s'en tirera ?

— Oui ! Je crois qu'il s'en tirera !

— Tant mieux.

Jamais ma maison ne me parut si loin que cette nuit-là...

— Il fait froid...

— Oui ? Je ne trouve pas.

— C'est mon corps qui est engourdi.

— Peut-être...

Nous passions près du cimetière.

— Qu'on doit être mal là-dedans !

— Voyons ! Pourquoi dis-tu cela ? En voilà des idées !

— Tu vois !

Le cyprès semblait un fantôme, haut et sec, une sentinelle des morts...

— Un sale cyprès...

— Oui.

Une chouette, oiseau de mauvais augure, hululait mystérieusement dans le cyprès.

— Un sale oiseau...

— Oui.

— Et qui est là toutes les nuits...

— Oui, toutes les nuits.

— On dirait qu'il aime tenir compagnie aux morts...

— On dirait.

— Qu'est-ce que tu as ?

— Rien ! Je n'ai rien ! Tu vois, des idées...

Je regardai Domingo ; il était pâle comme un agonisant.

— Tu es malade ?

— Non...

— Tu as peur ?

— Peur, moi ? De qui aurais-je peur ?

— De personne, mon garçon, de personne ; c'était pour dire quelque chose...

Le jeune Sébastian intervint :

— Allons, taisez-vous ; vous n'allez pas remettre ça, non ?

— Non...

— C'est encore loin, Pascal ?

— Non, pourquoi ?

— Pour rien...

On aurait dit qu'une main mystérieuse prenait la maison, pour l'emporter toujours plus loin.

— Ne l'aurait-on pas dépassée ?

— Sûrement non ! Il doit y avoir de la lumière !

A nouveau l'on se tut. On ne pouvait être loin...

— C'est là ?

— Oui.

— Et tu ne le disais pas ?

— Non, pourquoi ? Tu l'ignorais ?

J'étais surpris du silence de la maison. Les femmes, selon la coutume, devaient être encore là et vous savez, comme moi, si on les entend quand elles parlent.

— Tout le monde dort, on dirait.

— Non ! Voilà une lumière !

En nous approchant de la maison, nous vîmes une lumière, en effet.

Mme Engracia était sur le seuil ; je me souviens qu'elle parlait en sifflant, comme la chouette du cyprès ; qui sait ?... elle avait peut-être aussi la même tête.

— Vous, ici ?

— Tu vois, mon garçon, je t'attendais.

— Vous m'attendiez ?

— Oui.

Ces façons mystérieuses n'étaient pas pour me plaire.

— Laissez-moi passer !

— Non !

— Pourquoi ?

— Parce que !

— Mais je suis chez moi !

— Je le sais, mon garçon, depuis bien des années... Mais tu n'entreras pas.

— Et pourquoi cela ?

— Impossible, mon gars. Ta femme est malade !

— Malade ?

— Oui.

— Qu'est-ce qu'elle a ?

— Rien ; elle a avorté.

— Elle a avorté ?

— Oui ; la jument l'a jetée bas...

La rage m'aveugla ; j'étais fou, je ne comprenais pas ce qu'on me disait...

— Où est la jument ?

— Dans l'écurie.

La porte de l'écurie qui donnait sur la cour était surbaissée... Je me courbai pour entrer ; on ne voyait rien...

— To, jument !

La jument s'approcha du râtelier ; j'ouvris mon couteau avec soin ; dans ces moments-là, un pas de travers peut entraîner le pire...

— To, jument !

Le coq, dans le matin, se remit à chanter...

— To, jument !

La jument s'en allait vers le fond. Je m'approchai ; je pouvais lui donner une tape sur la croupe... L'animal était éveillé et semblait impatient...

— To, jument !

Ce fut l'affaire d'un instant. Je me jetai sur elle et la frappai ; je la frappai au moins vingt fois...

Elle avait la peau dure ; beaucoup plus dure que celle de Zacarias... Quand je sortis, j'avais le bras endolori, du sang jusqu'au coude... La bête n'avait pas bronché ; elle avait seulement respiré plus profondément et plus vite, comme lorsqu'on la mettait au mâle.

Plus tard, mon calme retrouvé, je chassai cette pensée, mais sur le moment, je l'avoue, ma première idée fut que Lola aurait pu avorter avant d'être mariée. Que de chagrin, d'inquiétude et de rancœur cela m'eût épargné !

A la suite de ce malheureux accident, je me trouvai si accablé, si pétri d'idées noires, qu'il me fallut bien douze mois pour réagir ; tout ce temps, j'errai dans le village comme un fou. Puis Lola fut enceinte à nouveau et je retrouvai avec joie mes angoisses et mes inquiétudes de la première fois ; le temps passait trop lentement à mon gré, et je promenais partout comme une ombre ma mauvaise humeur.

Je devins irritable et sauvage, craintif et sombre ; or ma mère ni ma femme n'entendaient grand-chose aux caractères, et nous étions toujours sous le coup d'une dispute. Cette tension nous rongeait, mais nous semblions l'entretenir avec joie ; tout nous était allusion, intention perfide, sous-entendu... Combien ces mois furent terribles, vous ne pouvez l'imaginer !

A l'idée que ma femme pouvait avorter une seconde fois, je perdais la tête ; mes amis me trouvaient bizarre et ma chienne, Étincelle, qui vivait encore à ce moment-là, ne me témoignait plus la même affection.

Je lui parlais, comme d'habitude...

— Qu'est-ce que tu as ?

Elle me regardait d'un air suppliant, remuant la queue très vite, gémissant presque, avec des yeux qui me fendaient le cœur. Elle avait aussi perdu des petits, étouffés dans son ventre... Peut-être avait-elle compris dans son innocence quelle peine m'avait causée son malheur ! Ils étaient trois, les chiots qui n'avaient pu naître vivants ; tous les trois pareils, collants comme du sirop, tous les trois gris et à demi galeux comme des rats... Elle avait creusé dans les immortelles un trou pour les enterrer. Quand nous partions chasser les lapins dans la montagne, nous nous arrêtions un moment pour souffler ; alors, avec cet air malheureux des femelles sans petits, elle s'approchait du trou et le flairait.

Le huitième mois était commencé, et la chose marchait comme sur des roulettes ; la grossesse de ma femme, grâce aux conseils de Mme Engracia, allait être un modèle de grossesse ; bien du temps s'était écoulé déjà, l'attente serait courte désormais, et tout me disait qu'il était vain maintenant de me tourmenter ; je fus pourtant pris d'une inquiétude et d'une impatience folles, et je compris que rien jamais n'ébranlerait ma raison si je la tirais de ce guêpier.

Au temps indiqué par Mme Engracia, et comme si Lola avait été une pendule de précision, mon nouvel enfant, mon premier enfant plutôt, vint au monde avec une facilité et un bonheur qui m'émerveillèrent et, sur les fonts baptismaux, il reçut le nom de Pascal, comme son père. J'aurais voulu l'appeler Eduardo, car il était né pour la fête de ce saint et que c'était la coutume à la campagne, mais ma femme, qui était alors plus affectueuse que jamais, insista pour lui donner mon nom, et j'en eus si grande joie que je me laissai facilement convaincre. Cela me semble un mensonge aujourd'hui, mais à ce moment-là, j'en suis sûr, l'affection de ma femme me donnait autant de joie que des bottes neuves à un jeune garçon ; j'en étais heureux de tout mon cœur, je vous le jure.

Quant à elle, avec sa nature résistante et vigoureuse, deux jours après l'accouchement, elle était aussi fraîche que s'il ne s'était rien passé. Le tableau qu'elle formait, toute décoiffée, donnant à téter au petit, fut l'une des choses qui me frappèrent le plus dans ma vie ; cela seul me payait avec usure de tous les mauvais moments vécus...

Je passais de longues heures, assis au pied du lit. Lola me disait à voix basse, toute rougissante :

— Je t'ai donné un enfant...

— Oui.

— Et bien beau...

— Dieu merci.

— Nous allons bien veiller sur lui maintenant...

— Oui, c'est maintenant qu'il va falloir veiller...

— Prendre garde aux cochons...

Le souvenir de mon pauvre frère Mario me poursuivait ; s'il arrivait à mon fils un malheur comme le sien, je l'étoufferais, pour l'empêcher de souffrir...

— Oui, aux cochons...

— Et aux fièvres...

— Oui...

— Et aux insolations...

— Oui, aux insolations aussi.

Le fait de penser que ce tendre bout de chair qui était mon fils pouvait encourir de tels périls me donnait la chair de poule.

— Nous le ferons vacciner.

— Quand il sera plus grand...

— Nous lui mettrons toujours des souliers, pour qu'il ne se coupe pas les pieds.

— Quand il aura sept ans, nous l'enverrons à l'école...

— Et je lui apprendrai à chasser...

Lola riait, elle était heureuse ! Moi aussi je me sentais heureux — pourquoi le cacher ? — en la voyant jolie comme pas une, un enfant dans les bras telle une sainte Marie.

— Nous ferons de lui un homme comme il faut !

Que nous étions loin tous les deux de penser que Dieu — qui règle toutes choses pour la bonne marche des univers — devait nous l'enlever ! Cet enfant qui était notre joie, tout notre bien, notre fortune entière, nous allions le perdre avant même d'avoir pu le guider dans la vie. Mystérieusement, les êtres aimés nous quittent quand nous avons le plus besoin d'eux !

Toute la joie que nous donnait l'enfant m'emplissait d'inquiétude, vainement j'en cherchais la raison. Je fus toujours à l'affût du malheur — pour mon bien ou pour mon mal, je ne sais — et, comme tous les autres, ce pressentiment se précisa avec le temps, comme pour aggraver encore mon malheur, ce malheur qui n'en finirait jamais de grandir.

Ma femme continuait à me parler de l'enfant.

— Il s'élève bien... On dirait un petit rouleau de beurre...

Et ce fait de parler et de parler sans cesse du petit me le rendait odieux peu à peu ; il allait nous quitter, nous laisser plongés dans la désespérance la plus affreuse, nous vider comme ces métairies ruinées dont s'emparent les buissons et les orties, les crapauds et les lézards ; et je le savais, j'en étais sûr, fasciné par l'inévitable, par ce qui allait arriver tôt ou tard ; la certitude de ne pouvoir conjurer le malheur entrevu m'accablait.

Parfois je restais tout bête à regarder Pascalillo, et mes yeux tout aussitôt s'emplissaient de larmes ; je lui parlais :

— Pascal, mon petit...

Il me regardait de ses yeux ronds et me souriait.

Ma femme à nouveau me disait :

— Pascal, le petit s'élève bien.

— Oui, Lola... Pourvu que cela dure !

— Pourquoi dis-tu cela ?

— Pour rien. Les enfants sont si fragiles !...

— Oh ! ne parle pas de malheur !

— Non ; de malheur, non... Il faut prendre garde !

— Oui.

— Éviter qu'il ne prenne froid.

— Oui !... Ce pourrait être sa mort !

— Les enfants meurent d'un refroidissement...

— D'un mauvais courant d'air...

La conversation peu à peu mourait, comme les oiseaux ou comme les fleurs, avec la même douceur et la même lenteur que les enfants mettent à mourir, les enfants traversés par un vent mauvais et perfide...

— J'ai peur, Pascal.

— De quoi ?

— Si on allait le perdre !

— Cette idée !

— Les enfants sont si fragiles à cet âge !...

— Notre fils est bien beau, avec ses chairs rosées et son sourire aux lèvres.

— C'est vrai, Pascal. Je suis folle !

Et elle riait, toute nerveuse, serrant l'enfant sur sa poitrine.

— Écoute !

— Quoi ?

— De quoi est mort le fils de Carmen ?

— Que t'importe ?

— Rien ! C'est pour savoir...

— Il est mort d'une grippe, paraît-il.

— D'un mauvais courant d'air ?

— Sans doute.

— Pauvre Carmen, elle était si contente avec son fils ! Un petit visage d'ange, disait-elle, comme son père, t'en souviens-tu ?

— Oui, je m'en souviens...

— On dirait que plus on a d'illusions, plus vite on les perd...

— Oui.

— On devrait savoir le temps que l'on va garder ses enfants, ce devrait être écrit sur leur front...

— Tais-toi !

— Pourquoi ?

— Tais-toi !

Un coup de bêche sur la tête ne m'aurait pas saisi plus que les paroles de Lola.

— Tu as entendu ?

— Quoi ?

— La fenêtre.

— La fenêtre ?

— Oui ; elle grinçait, comme si le vent avait voulu l'ouvrir...

Le grincement de la fenêtre, remuée par le vent, vint se confondre avec une plainte.

— L'enfant dort ?

— Oui.

— On dirait qu'il rêve.

— Je ne l'entends pas.

— Et qu'il pleure comme s'il avait mal...

— Penses-tu !

— Dieu t'entende ! Pourtant j'en mettrais ma main au feu.

Dans la chambre, la plainte de l'enfant ressemblait aux pleurs des chênes traversés par le vent.

— Il pleure !...

Lola s'en alla voir ce qu'il avait. Je restai dans la cuisine fumer une cigarette, cette cigarette que j'ai toujours à la bouche lorsque vient le malheur...

. . . .

Cela ne traîna guère. Quand nous le rendîmes à la terre, il avait onze mois ; onze mois de vie et de soins qu'un vent mauvais et perfide avait réduits à rien...

Qui sait si Dieu ne me punissait pas pour tous les péchés que j'avais commis et pour tous ceux que j'allais faire ! Qui sait s'il n'était pas écrit dans la divine mémoire que le malheur serait mon seul chemin, le seul sentier par où mes tristes jours devraient s'écouler !...

Au malheur, nul ne s'habitue, croyez-moi, nous gardons toujours l'illusion que le mal présent est le dernier, puis, avec le temps, nous finissons par comprendre — et avec quelle tristesse ! — que le pire est encore à passer... Je repense à l'accablement où m'avaient plongé l'avortement de Lola et les coups donnés à Zacarias : si j'avais cru défaillir alors, c'est, bien sûr, parce que je ne soupçonnais pas ce qui devait par la suite arriver.

Trois femmes m'entouraient lorsque Pascalillo nous quitta ; trois femmes qui m'étaient proches, mais que je sentais parfois aussi étrangères que des inconnues de passage, aussi lointaines que le reste du monde ; de ces trois femmes, aucune, croyez-moi, aucune ne sut par son affection ou ses prévenances me rendre plus légère la perte de l'enfant ; au contraire, elles semblaient s'être liguées pour me rendre la vie plus amère... Ces trois femmes étaient ma femme, ma mère et ma sœur.

Qui l'aurait cru ? J'attendais tant de leur présence !

Les femmes sont comme les geais, désagréables et mauvaises...

Elles étaient toujours à dire :

— Le petit ange qu'un mauvais courant d'air a emporté !...

— Dans les limbes, pour le délivrer de nous !...

— Le petit qui était un vrai soleil !

— Et l'agonie !...

— Dire qu'il m'a fallu le tenir étouffé dans mes bras !

Une vraie litanie, accablante et lourde comme les nuits d'ivresse, lente et ennuyeuse comme la démarche des ânes.

Ainsi de jour en jour, de semaine en semaine... C'était horrible ; un châtiment du ciel, pour sûr, une malédiction de Dieu !...

Moi, je me retenais.

« C'est l'affection, pensais-je, qui les rend cruelles à leur insu... »

Et je m'efforçais de ne pas entendre, de les négliger complètement, de les regarder faire avec indifférence comme des fantômes, de ne pas prendre garde à leurs paroles... Je laissais mon chagrin mourir avec le temps, comme les roses coupées, protégeant mon silence comme un trésor, pour souffrir le moins possible. Vaines illusions ! Elles me portaient chaque jour à m'étonner davantage du bonheur des êtres nés pour les chemins faciles. Comment Dieu pouvait-il les laisser prendre corps en mon esprit ?

Je craignais le coucher du soleil autant que la rage et le feu ; allumer la lampe dans la cuisine, aux environs de sept heures du soir, me coûtait plus qu'aucun autre acte de ma journée. Toutes les ombres me rappelaient l'enfant mort, toutes les sautes de la flamme, tous les bruits de la nuit, ces bruits de la nuit qui s'entendent à peine, mais résonnent dans les oreilles comme les coups de marteau sur l'enclume...

Les trois femmes étaient là, vêtues de noir comme des corbeaux, silencieuses comme des morts, rébarbatives et sévères comme des carabiniers. Quelquefois je leur parlais pour briser la glace.

— Vilain temps !

— Oui...

Et nous retombions dans le silence.

J'insistais.

— On dit que M. Grégoire ne veut plus vendre sa mule... Il doit en avoir besoin !

— Oui...

— Vous êtes allées à la rivière ?

— Non...

— Et au cimetière ?

— Non plus...

Pas moyen de les sortir de là. La patience dont je faisais preuve avec elles, je ne l'avais jamais eue et ne l'aurais plus jamais pour personne. Je n'avais pas l'air de les trouver bizarres, pour ne pas précipiter une rupture qui devait pourtant venir, inévitable comme les maladies et les incendies, comme l'aube et comme la mort, car nul ne pouvait l'empêcher.

La tragédie vient aux hommes sans en avoir l'air, à pas de loup ; et soudain nous recevons son coup d'aiguillon, traître comme celui des scorpions...

Je pourrais les peindre, comme si je les voyais encore, avec leur sourire amer et mauvais de femelles refroidies, leur regard étendu sur des lieues et des lieues au-delà des murs. Les minutes étaient cruelles, les paroles caverneuses comme celles des fantômes...

— La nuit est maintenant tombée.
— Nous le voyons bien…
La chouette devait être dans le cyprès.
— Ce fut comme cela la nuit où…
— Oui.
— Il était un peu plus tard…
— Oui.
— Le vent mauvais courait encore dehors…
— …
— Perdu dans les oliviers…
— Oui.

Le silence avec sa grande cloche emplit de nouveau la pièce.

— Où est-il maintenant, ce vent-là ?
— …
— Ce vent mauvais ?

Lola mit quelque temps à répondre.

— Je ne sais pas.
— Il aura atteint la mer !
— En traversant des enfants…

Une lionne attaquée n'aurait pas eu ce cri que poussa ma femme.

— Pourquoi se fendre comme une grenade !… Concevoir pour que le vent emporte nos enfants. Jolie récompense !…

— Si l'eau qui tombe goutte à goutte dans la flaque avait pu noyer ce vent mauvais !…

— J'en ai jusqu'aux os de ton corps !

— ...

— De ta chair d'homme qui ne supporte pas les saisons !

— ...

— Ni le soleil de l'été !

— ...

— Ni les froids de décembre !

— ...

— Est-ce pour cela que j'ai des seins, durs comme le silex.

— ...

— Une bouche fraîche comme une pêche ?

— ...

— Est-ce pour cela que j'ai eu deux enfants, incapables de supporter le pas d'un cheval ou le vent mauvais de la nuit ?

Elle avait l'air d'une folle, d'une possédée hurlante et farouche comme un chat sauvage... J'attendais en silence la grande vérité.

— Tu es comme ton frère !...

Le coup de poignard perfide que ma femme avait plaisir à m'assener...

A quoi bon doubler le pas lorsque l'on est surpris au milieu de la plaine par la tempête ? On se mouille tout autant et l'on se fatigue beaucoup plus. Les éclairs nous aveuglent, le bruit du tonnerre nous épouvante, et notre sang, affolé, nous frappe les tempes et la gorge.

— Ah ! si ton père Esteban voyait ton peu d'énergie !

— ...

— Ton sang qui se répand par terre dès qu'on le touche !

— ...

— Cette femme que tu as !...

Allait-elle continuer ? Bien des fois le soleil a brillé pour tous ; mais sa lumière qui aveugle les albinos ne fait pas clignoter les yeux des Noirs...

— Ne continue pas !

Ma mère ne pouvait me reprocher ma douleur, la douleur que dans mon cœur avait laissée l'enfant en mourant, l'enfant qui, onze mois durant, avait été une telle étoile...

Je l'avertis bien clairement, aussi clairement qu'il était possible ;

— Le feu va nous brûler tous les deux, mère.

— Quel feu ?

— Ce feu avec lequel vous êtes en train de jouer...

Ma mère fit un geste d'étonnement.

— Que veux-tu dire ?

— Que nous, les hommes, nous avons un cœur très dur.

— Qui ne vous sert à rien...

— Qui nous sert à tout !

Elle ne comprenait pas ; ma mère ne comprenait pas. Elle me regardait, elle me parlait... Ah ! si elle ne m'avait pas regardé !

— Tu vois les loups qui courent dans la montagne, l'aigle qui vole jusqu'aux nuages, la vipère qui attend sous les pierres ?

— ...

— Eh bien ! l'homme est pire qu'eux tous ensemble !

— Pourquoi me dis-tu cela ?

— Pour rien !...

J'allais lui dire :

« Parce que je vous tuerai !... »

Mais les mots collèrent à ma langue.

Et je restai seul avec ma sœur, cette malheureuse, cette fille, ma sœur, que les femmes convenables ne voulaient pas regarder...

— Tu as entendu ?

— Oui.

— Jamais je ne l'aurais cru !

— Ni moi...

— Jamais je n'avais pensé que j'étais un homme maudit.

— Tu ne l'es pas...

Le vent se leva sur la montagne, ce vent mauvais qui passait dans les oliviers et s'en allait vers la mer au travers des enfants... Il grinçait à la fenêtre avec sa plainte.

Rosario était sur le point de pleurer.

— Pourquoi dis-tu que tu es un homme maudit ?

— Ce n'est pas moi qui le dis.

— ...

— Ce sont ces deux femmes...

La flamme de la lampe montait et descendait comme une respiration ; la cuisine sentait l'acétylène, une odeur âcre et agréable qui pénétrait jusqu'aux nerfs, excitait les chairs, mes pauvres chairs condamnées qui manquaient tant, pour lors, d'une excitation quelconque...

Ma sœur était pâle ; la vie qu'elle menait marquait ses yeux d'un cerne impitoyable. Je l'aimais avec tendresse, cette même tendresse qu'elle me portait.

— Rosario, ma sœur...

— Pascal...

— Triste temps que celui qui nous attend !

— Tout s'arrangera...

— Dieu le veuille !

Ma mère intervenait à nouveau :

— Je vois l'affaire bien mal arrangée...

Et ma femme, mauvaise comme les couleuvres, souriait méchamment :

— Il est bien triste d'attendre que ce soit Dieu qui l'arrange !

Dieu est au plus haut et il est comme un aigle avec son regard ; aucun détail ne lui échappe.

— Et si Dieu l'arrangeait !

— Il ne nous voudra pas tant de bien.

On tue sans penser, je le sais par expérience ; parfois sans le vouloir. On hait, on hait intensément, férocement et l'on ouvre le couteau ; avec le couteau bien ouvert, on arrive, déchaussé, près du lit où dort l'ennemi. C'est la nuit, mais par la fenêtre entre le clair de lune ; on voit bien. Sur le lit, le mort est étendu, celui qui sera le mort. On le regarde, on l'écoute respirer ; il ne bouge pas, il est tranquille comme s'il n'allait rien se passer. La chambre est vieille et les meubles en craquant vont peut-être éveiller le dormeur, peut-être faudra-t-il frapper vite. L'ennemi lève un peu le drap et se retourne ; il dort toujours. Son corps est énorme ; les couvertures font illusion. On s'approche avec précaution ; on le touche doucement de la main. Il est endormi, bien endormi ; il ne devrait s'apercevoir de rien...

Mais on ne peut tuer ainsi, comme les assassins. On veut revenir sur ses pas, faire à reculons le chemin parcouru. Non, ce n'est pas possible. Tout est bien réfléchi ; une minute, une minute seulement et après...

Il n'est pas non plus possible de revenir en arrière. Le jour viendra et avec lui ce regard qu'il faudra soutenir, ce regard qui s'enfoncera en nous sans soupçonner...

Il faudra fuir ; fuir loin du village, quelque part où nul ne nous connaîtra, où nous pourrons commencer à nourrir des haines toutes neuves. La haine met des années à germer ; or, déjà l'on n'est plus jeune, et, lorsque la haine aura de nouveau grandi, lorsqu'elle nous étouffera, c'est notre vie à nous qui s'en ira. Le cœur n'aura plus de poison, et ces bras, sans force, tomberont...

Voici près d'un mois que j'ai cessé d'écrire ; allongé sur ma paillasse, j'ai regardé passer les heures, ces heures qui nous semblent ailées parfois et d'autres fois paralysées, j'ai donné libre cours à mon imagination, ma seule liberté, j'ai contemplé les fissures du plafond pour y trouver des images et, tout au long de ce mois, j'ai joui — à ma manière — de la vie comme je ne l'avais jamais fait dans les années passées, malgré toutes mes inquiétudes et tous mes soucis...

La paix dans les âmes pécheresses a l'effet de l'eau sur les terres incultes, elle féconde le désert et fait fructifier la jachère. Je le dis, car j'ai attendu longtemps, beaucoup plus longtemps qu'il ne fallait, pour éprouver que la tranquillité était une bénédiction du ciel, la plus précieuse bénédiction que nous puissions attendre, nous les malheureux et les tourmentés ; je le sais maintenant, je possède la paix, je l'aime, et j'en profite avec une ardeur et un plaisir tels que j'ai bien peur, malgré le peu de temps qui me reste à vivre — et il m'en reste bien peu ! — de la tarir avant l'heure. Si j'avais connu la paix des années plus tôt, mon enthousiasme m'aurait sans doute poussé à me faire pour le moins chartreux ; j'ai vu tant de lumière en elle et tant de bonheur qu'elle m'aurait sûrement fasciné alors comme aujourd'hui. Dieu ne l'a pas voulu, et me voici dans une prison, sous le coup d'une condamnation à mort. Je ne sais s'il ne vaudrait pas mieux que la sentence une bonne fois s'accomplît ; ainsi finirait cette agonie, qui pourtant m'est chère, plus chère peut-être qu'une vie douce. Vous savez très bien ce que je veux dire.

En ce long mois de réflexion j'ai tout éprouvé : la tristesse et la joie, le bonheur et la détresse, la foi, la folie et le désespoir... Dieu, quelles faibles chairs as-tu choisies pour terrain d'expérience ! Je tremblais comme si j'avais eu la fièvre lorsqu'un état d'âme en remplaçait un autre, et des larmes de crainte me montaient aux yeux. Il est bien long de penser pendant trente jours à la même chose, de nourrir tout ce temps les plus profonds remords, obsédé par l'idée que tout le mal passé nous conduit vers l'enfer... J'envie l'ermite au visage plein de bonté, l'oiseau du ciel, le poisson, et même la pauvre bestiole au milieu des buissons, car ils ont la conscience en paix. C'est une mauvaise chose qu'un passé lourd de péchés !

Je me suis confessé hier, j'avais moi-même demandé le prêtre. Un vieux petit curé, sans un poil de barbe, le père Santiago Lurueña, bienveillant, compatissant, charitable et pauvre comme une fourmi.

Il est aumônier de la prison et dit la messe du dimanche, cette messe qu'entendent une centaine d'assassins, une demi-douzaine de gardes et quatre religieuses...

Je me levai pour le recevoir.

— Bonjour, mon père.

— Salut ! mon fils ; tu me demandes, paraît-il ?

— Oui, monsieur, je vous ai fait appeler.

Il s'approcha et m'embrassa sur le front. Nul ne m'embrassait plus depuis des années...

— Tu veux te confesser ?

— Oui, monsieur.

— Tu me donnes une vraie joie, mon garçon.

— Je suis content aussi, mon père.

— Dieu pardonne tout ; Dieu est très bon...

— Oui, mon père.

— Et il est heureux de voir revenir la brebis perdue.

— Oui, mon père.

— L'enfant prodigue qui rentre à la maison paternelle.

Il m'avait pris la main avec affection, la tenait posée sur sa soutane et me regardait dans les yeux, comme pour mieux se faire comprendre.

— La foi est une lumière pour nos âmes dans les ténèbres de la vie.

— Oui...

— Un baume merveilleux pour les âmes endolories...

Le père Santiago était ému ; sa voix tremblait comme celle d'un enfant intimidé. Il me regarda en souriant, un doux sourire qui semblait celui d'un saint.

— Sais-tu en quoi consiste la confession ?

J'avais peur de répondre. Il me fallut avouer tout bas :

— Pas très bien.

— N'importe, mon fils, nul ne le sait de naissance.

Le père Santiago m'expliqua des choses que je ne compris pas très bien ; elles avaient pourtant l'accent de la vérité et devaient être vraies. Notre entretien dura longtemps, presque tout l'après-midi, et, lorsqu'il finit, le soleil était déjà couché derrière l'horizon...

— Prépare-toi à recevoir le pardon, mon fils, le pardon que je te donne au nom de Dieu Notre Seigneur... Prie avec moi Notre Seigneur Jésus-Christ...

Lorsque don Santiago me donna la bénédiction, il me fallut faire un effort extraordinaire pour chasser de ma tête les pensées sinistres ; je fis de mon mieux pour bien recevoir cette bénédiction, je vous le jure. Ma honte fut grande, très grande, mais pas aussi grande que je l'attendais.

Je n'ai pu fermer l'œil de la nuit, et je suis maintenant fatigué et courbaturé comme si l'on m'avait battu. Cependant voici toutes ces feuilles de papier que j'ai demandées au directeur, je vais les barbouiller, puisque je ne trouve pas d'autre remède à mon accablement, je vais recommencer, renouer le fil de mon récit, avancer ces Mémoires et les conduire à leur fin. Nous verrons si je trouverai les forces nécessaires. Je pense parfois que les événements pourraient se précipiter et mon récit rester inachevé, amputé de la moitié, et je me sens le cœur serré, plein d'une hâte que je m'efforce de maîtriser. A quoi bon me presser, en effet ? Mon récit n'est déjà pas très clair, lorsque je vais lentement et que je m'applique ; que serait-il, si je l'écrivais de plein jet ? Échevelé, incohérent. Moi, son père, je ne le reconnaîtrais plus pour mon fils. Il faut beaucoup de précautions pour une histoire où la mémoire a tant de part ; le moindre désordre dans l'exposé des faits, et tout est perdu, il faut tout recommencer, ce dont je me garde comme du feu, car les secondes versions ne sont jamais les bonnes. Vous trouverez peut-être prétentieux mon souci de bien dire les choses secondaires, quand les plus importantes vont si mal ; vous sourirez de me voir mettre mon orgueil à bien faire, lentement, ce que n'importe qui d'instruit ferait tout naturellement, en laissant courir la main ; pourtant vous me comprendrez, en considérant que l'effort d'écrire presque sans arrêt depuis quatre mois n'a pas d'équivalent dans ma vie.

Les choses ne sont jamais ce que nous les imaginons à première vue ; il suffit parfois de les voir de près, de commencer à y travailler, pour y découvrir des aspects si étranges, si inconnus même, qu'ils nous font perdre jusqu'au souvenir de notre idée première ; il en est ainsi des visages ou des villes que l'on imagine avant de les connaître, ils prennent en nous des formes bien vite effacées au contact de la réalité. Ainsi de ce papier lui-même ; en huit jours je pensais l'expédier, aujourd'hui, — après cent vingt — je souris de mon innocence.

Je ne crois pas qu'il y ait péché à conter les crimes dont on se repent. Don Santiago m'a permis de le faire, si j'y trouvais consolation ; comme j'en trouve et que don Santiago doit s'y connaître en matière de commandements, je ne vois pas que Dieu doive s'offenser si je continue. Je souffre parfois de rapporter le détail des événements, importants ou non, de ma triste existence ; mais il m'arrive aussi, par compensation, de goûter dans cet exercice la joie la plus saine ; il me semble, en le racontant, voir s'éloigner mon passé, je le connais par ouï-dire, c'est celui d'un inconnu. Que je m'efforcerais de le changer, si je pouvais recommencer ! Mais il faut accepter l'inévitable, ce qu'il n'est plus possible d'arranger ; ce qui est fait est fait, c'est dans le présent qu'il faut changer et je m'y essaie, bien aidé par ma captivité. Je ne veux pas me faire meilleur que je ne suis en cette dernière heure de ma vie ; il me semble entendre dans votre bouche un « si jeunesse savait, si vieillesse pouvait », dont il vaut mieux qu'il ne soit pas prononcé ; je veux pourtant mettre les choses bien au point : mon existence aurait pu servir d'exemple, si j'avais toujours connu ces paisibles sentiers où je marche aujourd'hui.

Je vais continuer. Un mois sans écrire, voilà bien du repos pour celui dont les pulsations sont comptées et trop de calme pour celui qui n'a jamais pu rester tranquille.

J'eus vite fait de préparer ma fuite ; ce genre de choses ne saurait traîner. Je vidai l'argent du coffre dans ma bourse, l'armoire à provisions dans ma besace, le fardeau de mes pensées mauvaises dans le fond du puits et, profitant de la nuit comme un voleur, je filai sur la route, à l'aventure et droit devant moi ; je marchai sans arrêt et lorsque, le jour venant, je commençai à ressentir la fatigue, le village était à trois bonnes lieues derrière moi. Je ne voulais pas trop m'attarder, car on pouvait encore me reconnaître dans cette région ; je fis un somme en bordure du chemin dans une olivaie, pris une bouchée sur mes réserves et continuai ma route, afin de prendre le train le plus tôt possible. Les gens me regardaient avec étonnement, peut-être à cause de mon air de vagabond, et les enfants dans les villages me suivaient avec curiosité comme ils suivent les bohémiens et les infirmes ; loin de m'importuner avec leurs yeux vifs et leurs gestes puérils, ils me tenaient compagnie et, si je n'avais pas alors craint les femmes comme la peste, je leur aurais bien fait cadeau de quelques provisions.

J'atteignis la voie ferrée à Trujillo et pris un billet pour Madrid, pensant ne pas séjourner dans la capitale, mais gagner de là un port, d'où j'essaierais de partir pour l'Amérique. Je pris plaisir au voyage ; on était bien dans ce wagon et, pour la première fois, je voyais glisser le paysage comme une toile tirée par une invisible main. Lorsque, tout le monde descendant, je m'aperçus de notre arrivée à Madrid, je me croyais si loin de la capitale que je sentis un coup au cœur, ce coup que l'on reçoit toujours en découvrant que le vrai, l'irrémédiable est tout proche et non lointain comme nous le pensions.

Comme je savais Madrid infestée de coquins et que nous arrivions de nuit, moment propice pour être la proie des gredins, je pensai qu'il serait plus prudent d'attendre le jour pour trouver un logement, quitte à dormir sur l'un des nombreux bancs de la gare. Je fis comme je pensais, cherchai un banc à l'écart, m'y installai de mon mieux et, sous la seule protection de mon ange gardien, je m'endormis comme une pierre, malgré ma résolution d'imiter la perdrix, qui ne dort que d'un œil. Mon sommeil dura jusqu'au lendemain, mais, à mon réveil, je sentis dans mes os un tel froid, une telle humidité dans mon corps qu'il me sembla préférable de ne pas rester immobile plus longtemps ; je sortis de la gare et m'approchai d'ouvriers réunis près d'un feu ; ils me firent bon accueil et je pus me réchauffer à la chaleur de la flamme. Au début, la conversation était plutôt morte, mais elle s'anima vite et, comme ils avaient l'air de braves gens et que j'avais surtout besoin d'amis à Madrid, j'appelai un gamin qui passait et l'envoyai chercher un litre de vin ; de ce litre pourtant je ne sus pas le goût, ni mes compagnons, car le petit, bien dégourdi, ma foi, prit l'argent et ne revint plus. Ils s'amusèrent de ma mésaventure ; pourtant, comme je voulais les obliger et gagner leur amitié, j'attendis le jour et, dès qu'il parut, je les conduisis dans un petit café et leur offris à tous un café au lait, qui me concilia tout à fait leurs bonnes grâces. Je leur parlai d'un logement, et l'un d'eux, Angel Estévez, s'offrit à m'héberger chez lui et à me servir deux repas par jour, le tout pour dix réaux ; sur le moment, le prix me sembla raisonnable, mais je compris, par la suite, qu'il me faudrait bien encore à Madrid et chez lui dépenser dix autres réaux, que sa femme et lui, grands amateurs de cartes, me gagneraient pendant la nuit.

Je ne restai guère à Madrid, moins de quinze jours, durant lesquels je m'amusai aux moindres frais et fis de petits achats indispensables dans les boutiques de la Calle de Postas et de la Plaza Mayor ; en fin d'après-midi, je m'en allais dépenser une peseta à l'*Eden-Concert,* un café dans la Calle de la Aduana ; je restais regarder les artistes jusqu'à l'heure du dîner et regagnais alors la mansarde d'Estévez dans la Calle de la Ternera. Le plus souvent, il s'y trouvait lorsque j'arrivais ; sa femme servait la soupe, nous la mangions, puis nous commencions la partie de cartes, en compagnie de deux voisins, qui montaient chaque nuit et s'installaient avec nous autour du brasero, les pieds bien au chaud sur les braises, jusqu'à l'aube. Cette vie me plaisait et, sans mon ferme projet de ne pas revenir au village, je serais resté à Madrid jusqu'à mon dernier centime.

La maison de mes hôtes avait l'air d'un colombier, toute perchée sur un toit ; comme ils n'ouvraient jamais, même lorsqu'on frappait, et gardaient allumé jour et nuit le petit brasero, on s'y trouvait bien, assis autour de la petite table, les pieds sous les tentures. La pièce qu'ils m'avaient louée était mansardée à l'endroit de ma paillasse et, plus d'une fois, avant de m'y être habitué, je vins me cogner la tête contre une poutre apparente, que j'oubliais toujours. Par la suite, une fois fait aux lieux et compte tenu de tous les coins et recoins de la chambre, j'aurais pu me mettre au lit les yeux fermés. Tout est question d'habitude.

La femme s'appelait, comme elle me l'apprit elle-même, Concepcion Castillo Lopez ; elle était jeune, menue, avait un petit visage fripon qui la rendait sympathique, beaucoup d'assurance et l'esprit vif comme toutes les Madrilènes ; elle me regardait effrontément, abordait avec moi n'importe quel sujet, mais me démontra vite — aussi vite que je lui en fournis l'occasion — qu'il n'y avait rien à faire avec elle ni rien à en espérer. Elle était amoureuse de son mari et, en dehors de lui, aucun homme ne comptait pour elle. C'était dommage, car elle était jolie et plaisante comme il en est peu, bien que très différente des femmes de mon pays ; mais, comme elle ne me fit jamais d'avances et que, de mon côté, je n'étais pas entreprenant, elle vécut librement sous mes yeux, jusqu'au jour où elle me devint si étrangère que je n'y pensai même plus. Le mari était jaloux comme un sultan et devait se méfier de sa femme, car il allait jusqu'à lui défendre de se pencher sur l'escalier. Je me souviens d'un dimanche après-midi où Estévez m'avait invité à une promenade dans le Retiro avec sa femme et lui ; il lui reprochait sans cesse de regarder tel ou tel, et la femme acceptait les reproches avec une visible satisfaction, avec un sourire amoureux même, bien étrange pour moi, qui ne m'attendais guère à cette réponse. On fit plusieurs fois le tour de l'étang du Retiro, puis Estévez s'en prit violemment à un passant, mais si vite et avec des mots si recherchés que je ne compris pas la moitié de ce qu'il disait ; ils se disputaient sans doute parce que l'autre avait regardé Concepcion, mais je m'étonne encore qu'avec la kyrielle d'insultes échangées ils n'aient même pas fait semblant d'en venir aux mains. Ils traînèrent dans la boue leurs mères respectives, se traitèrent à grands cris d'effrontés et de cocus, parlèrent de s'étriper, mais, chose curieuse, ne se touchèrent pas un fil du vêtement. J'étais étonné de mœurs aussi singulières, mais naturellement n'intervins pas, tout en restant prêt à secourir mon ami. Quand ils furent las de s'insulter, ils s'en allèrent, chacun de son côté, sans plus faire d'histoires.

A la bonne heure ! Si nous, les hommes des champs, nous avions le gosier de ceux des villes, les prisons seraient des îles désertes...

Deux semaines n'avaient pu me suffire pour connaître Madrid, qui n'est pas ville à voir en passant, pourtant je décidai de continuer mon voyage et d'atteindre mon but. J'achetai une petite valise pour mes quelques affaires, je pris mon billet et, accompagné d'Estévez, fidèle jusqu'au bout, je partis pour la gare ; ce n'était pas celle que je connaissais, mais on y prenait le train pour La Coruña, où passaient, m'avait-on dit, les vapeurs qui vont en Amérique. Ce voyage fut un peu plus long que le précédent, car la distance était plus grande que de mon village à Madrid, mais je le fis de nuit et n'étais pas homme à perdre le sommeil dans les secousses et les bruits du train, aussi passa-t-il plus vite que je n'avais pu l'espérer d'après les dires de mes voisins ; quelques heures après mon réveil, je vis la mer, qui m'étonna plus que toute autre chose en ma vie, par sa profondeur et son immensité.

Je devais, dès mes premières démarches, m'apercevoir de ma candeur. Jamais les pesetas que j'avais en poche ne me suffiraient pour gagner l'Amérique ! Jusqu'alors je n'avais jamais pensé au prix d'un voyage en mer... J'allai à l'agence, je m'adressai à un guichet, d'où l'on me renvoya à un autre ; j'attendis dans une queue trois heures pour le moins et, quand je m'approchai de l'employé et voulus me renseigner sur la meilleure destination et le prix du voyage, lui, sans me dire un mot, fit demi-tour, pour revenir aussitôt, un papier à la main.

— Itinéraires... Tarifs... Départs de La Coruña le 5 et le 20.

J'essayai de lui faire entendre que je désirais lui parler de mon voyage, mais ce fut inutile. Il me coupa avec une sécheresse déconcertante.

— N'insistez pas.

Je partis avec mon itinéraire et mes tarifs, m'efforçant de retenir les jours de départ. Que faire ?

Dans la maison que j'habitais logeait aussi un sergent artilleur, qui s'offrit à déchiffrer pour moi les papiers de l'agence. Quand il en vint aux prix et aux conditions de paiement, je tombai de mon haut en voyant que je n'avais pas la moitié de la somme nécessaire. Le problème était d'importance et je ne lui voyais pas de solution. Adrian Nogueira, le sergent, m'encourageait beaucoup ; il était allé là-bas et me parlait sans cesse de La Havane et même de New York. Moi — pourquoi le cacher ? —, je l'écoutais bouche bée et plus désireux que jamais ; puis, je vis bien que je n'y gagnais rien, sinon d'avoir l'eau à la bouche ; aussi, un jour, je le priai de se taire, car j'étais désormais décidé à rester au pays ; il fut bien étonné, mais, discret et réservé comme tous les Galiciens, il ne m'en parla plus.

Je me cassai la tête pour trouver ce que je devais faire. Toute solution qui m'évitait le retour au village me paraissant bonne, je pris tout ce que je trouvai ; je fus porteur à la gare et débardeur sur le quai, aide de cuisine à l'*Hôtel Terminus* et veilleur de nuit à la fabrique de tabac ; un peu de tout, en somme, avant d'échouer chez dame Apacha, Calle del Papagayo, à gauche en montant, où je fus bon à tout faire, mais surtout à jeter dehors ceux qui venaient seulement faire du tapage.

Je restai là près d'un an et demi. Il y avait deux ans que j'étais parti de chez moi, en comptant mes six mois d'aventures de-ci de-là et, plus souvent que je ne l'aurais cru, il m'arrivait de penser à ce que j'avais laissé là-bas. Au début, c'était surtout la nuit, en me couchant sur le lit qui m'était dressé dans la cuisine, mais bientôt j'y pensai des heures durant et, un jour, la nostalgie m'envahit et il me tarda d'être à nouveau dans ma maison au bord de la route. Je pensais devoir être bien reçu par ma famille — le temps guérit tout —, et le désir grandissait en moi comme les champignons dans l'humidité. J'empruntai de l'argent, ce qui n'était guère facile, mais comme toujours, en insistant un peu, je finis par en trouver et, un beau jour, après avoir pris congé de tous mes bienfaiteurs, dame Apacha en tête, je pris le chemin du retour, ce chemin qui m'aurait mené vers tant de bonheur, si le diable, à mon insu, n'avait en mon absence fait des siennes chez moi avec ma femme. En réalité, il était bien naturel que ma femme, jeune, belle et mal instruite de mes intentions, eût par trop souffert du manque de mari, de ma fuite, mon plus grand péché, celui que je n'aurais jamais dû commettre, celui que Dieu devait punir, trop cruellement peut-être...

Sept jours s'étaient écoulés depuis mon retour, quand ma femme, qui m'avait, en apparence du moins, reçu avec tant d'affection, interrompit mes rêves pour me dire :

— Je pense que je t'ai reçu bien froidement.

— Non, femme !

— Vois-tu ! Je ne t'attendais pas, ton arrivée m'a surprise.

— Mais, maintenant, tu es contente, non ?

— Oui. Maintenant, je suis contente...

Lola semblait navrée ; on remarquait dans tout son être un grand changement.

— Tu t'es toujours souvenu de moi ?

— Toujours. Sinon, pourquoi serais-je revenu ?

Ma femme était à nouveau silencieuse.

— Deux ans, c'est bien long...

— Oui.

— En deux ans, le monde fait bien des tours...

— Deux ; c'est un marin qui me l'a dit à La Coruña.

— Ne me parle pas de La Coruña.

— Pourquoi ?

— Parce que. Ah ! si La Coruña pouvait n'avoir jamais existé !

Elle enflait sa voix pour me dire cela et son regard était comme un bois plein d'ombres.

— Bien des tours !...

— Oui.

— Et la femme pense : voilà deux ans qu'il n'est pas revenu, il doit être mort !

— Que vas-tu me dire ?

— Rien !

Lola se mit à pleurer amèrement et me confessa tout bas :

— Je vais avoir un enfant.

— Un autre enfant ?

— Oui.

Je m'effrayai.

— De qui ?

— Ne me demande pas !

— Comment ? Je veux savoir ! Je suis ton mari !

Sa voix gronda :

— Mon mari qui veut me tuer ! Mon mari qui m'a abandonnée deux ans ! Mon mari qui me fuit comme si j'étais lépreuse ! Mon mari...

— Ne continue pas !

Oui, il valait mieux ne pas continuer, ma conscience me le disait. Il valait mieux laisser le temps passer, l'enfant naître... Les voisins jaseraient de ma femme, ils me regarderaient du coin de l'œil, chuchoteraient sur mon passage...

— Veux-tu que j'appelle Mme Engracia ?

— Elle m'a déjà vue.

— Que dit-elle ?

— Que tout va bien.

— Ce n'est pas cela... Ce n'est pas cela...

— Que veux-tu ?

— Rien... On pourrait arranger la chose entre nous...

Ma femme eut un geste suppliant.

— Pascal, tu oserais ?

— Oui, Lola, j'oserais. Serait-ce le premier ?

— Pascal ! Je le sens avec plus de force que les autres, je sens qu'il doit vivre...

— Pour ma honte !

— Ou pour ton bonheur. Que savent les gens ?

— Les gens ? Ils sauront tout, bien sûr !

Lola souriait, un pauvre sourire d'enfant maltraité qui faisait peine à voir.

— Peut-être pourrons-nous le cacher...

— Tous le sauront !

Je ne me sentais pas méchant — Dieu le sait bien —, mais l'on est tenu par la coutume comme l'âne par son licou...

Si ma condition d'homme m'avait permis de pardonner, j'aurais pardonné, mais le monde est comme il est, et rien ne sert de vouloir avancer à contre-courant.

— Mieux vaudrait l'appeler !

— Mme Engracia ?

— Oui.

— Par Dieu, non ! Un autre avortement ? Toujours accoucher pour rien, nourrir du fumier !

Elle se jeta par terre, elle m'embrassa les pieds.

— Je te donne ma vie entière, si tu veux.

— Je n'en ai pas besoin.

— Mes yeux et mon sang, pour t'avoir offensé !

— Non plus.

— Mes seins, ma chevelure, mes dents ! Ce que tu voudras, mais ne l'enlève pas, c'est ma raison de vivre.

Mieux valait la laisser pleurer, pleurer longtemps et se trouver rendue, les nerfs à bout, mais plus calme, plus raisonnable...

Ma mère, la misérable, l'entremetteuse sans doute de tout ce mal, me fuyait et ne paraissait pas devant mes yeux. La vérité est bien brûlante ! Elle me parlait le moins possible, sortait par une porte quand j'entrais par l'autre, me préparait — ce qu'elle n'avait jamais fait auparavant et ne devait plus jamais faire — les repas aux heures voulues. Il est pénible de penser que, pour avoir la paix, il faut être craint. Elle me montrait tant de sollicitude qu'elle finit même par me déconcerter. Je ne voulus jamais avec elle parler de Lola ; le problème était posé entre nous deux, nous seuls devions le résoudre.

Un jour, j'appelai Lola, pour la décider :

— Tu peux être tranquille.

— Pourquoi ?

— Personne n'appellera plus Mme Engracia.

Lola resta songeuse un moment, comme un héron.

— Tu es très bon, Pascal.

— Oui, meilleur que tu ne le crois.

— Et meilleure que je ne le suis.

— Ne parlons plus de cela. Avec qui... l'as-tu fait ?

— Ne le demande pas.

— Je préfère le savoir, Lola.

— J'ai peur de te le dire.

— Peur ?

— Oui. Peur que tu n'ailles le tuer !

— Tu l'aimes donc ?

— Non, je ne l'aime pas.

— Alors ?

— Le sang paraît la nourriture de ta vie...

Ces mots se gravèrent dans ma tête en lettres de feu ; des lettres de feu que j'emporterai dans la tombe.

— Et si je te jurais qu'il ne se passera rien ?

— Je ne te croirais pas.

— Pourquoi ?

— Impossible, Pascal ; tu es un homme pour de bon.

— Grâce à Dieu ; mais j'ai aussi une parole.

Lola se jeta dans mes bras.

— Je donnerais des années de ma vie pour qu'il ne se soit rien passé.

— Je te crois.

— Et pour que tu me pardonnes...

— Je te pardonne, Lola. Mais tu vas me dire...

— Oui.

Elle était plus pâle que jamais, défigurée ; son visage faisait peur, une peur horrible que le malheur ne soit revenu avec moi ; je lui pris la tête, je la caressai, je lui parlai avec plus d'amour que ne le fit jamais le plus fidèle époux ; je la pris contre mon épaule, comprenant tout ce qu'elle souffrait et craignant de la voir défaillir à ma question :

— Qui est-ce ?

— *El Estirao !*

— *El Estirao ?*

Lola ne répondit pas.

Elle était morte, la tête penchée sur la poitrine et les cheveux sur le visage... Elle resta un moment immobile, assise où elle était, puis elle tomba sur le sol, tout de galets bien arrangés...

Un nid de scorpions s'agita dans ma poitrine et dans chaque goutte de sang de mes veines une vipère mordit ma chair...

Je sortis chercher l'assassin de ma femme, celui qui avait déshonoré ma sœur, l'homme qui dans mon cœur avait jeté le plus d'amertume ; j'eus du mal à le rencontrer, tant il me fuyait. Le bandit avait appris mon arrivée et quitté le pays ; quatre mois durant, il ne devait plus se montrer à Almendralejo ; je sortis le chercher, je m'en fus chez Nieves la Madrileña, je vis Rosario... Comme elle avait changé ! Elle avait vieilli, son visage était plein de rides précoces, ses yeux cernés de noir et ses cheveux plats ; elle faisait peine à voir, elle qui avait été si jolie...

— Que viens-tu chercher ?

— Un homme !

— Celui qui fuit son ennemi n'a rien d'un homme.

— Non, rien...

— Ni celui qui n'attend pas la visite qu'il prévoit.

— Non... Où est-il ?

— Je ne sais pas ; il est parti hier...

— De quel côté ?

— Je ne sais pas.

— Tu ne sais pas ?

— Non.

— Tu en es sûre ?

— Aussi sûre que du jour qu'il fait maintenant.

Elle semblait dire vrai ; Rosario devait par la suite me prouver son affection en revenant à la maison pour me servir, abandonnant *El Estirao*...

— Sais-tu s'il est parti très loin ?

— Il ne m'a rien dit.

Je n'eus plus qu'à ronger mon frein ; il est indigne de détourner sur des malheureux la vengeance que nous réservons aux méchants.

— Tu savais ce qui se passait ?

— Oui.

— Et tu ne disais rien ?

— A qui pouvais-je le dire ?

— C'est vrai, à personne...

Oui, c'était vrai, elle n'avait eu personne à qui le dire ; il y a des choses qui n'intéressent pas tout le monde, des choses qu'un seul doit supporter, comme une croix, et taire aux autres. On ne peut dire aux gens tout ce qui nous arrive ; d'ailleurs, le plus souvent, ils ne pourraient même pas nous comprendre.

Rosario s'en vint avec moi.

— Je ne veux pas rester ici un jour de plus ; je suis fatiguée.

Elle revint à la maison, timide et comme recueillie, humble et travailleuse comme je ne l'avais jamais vue ; elle prenait soin de moi avec des attentions dont je n'arrivai jamais et — hélas ! c'est le pire — dont je n'arriverai jamais à la remercier comme elle le mérite. Elle me gardait toujours une chemise propre, administrait mon argent avec une économie parfaite, mettait mon repas au chaud, si je m'attardais... Quel plaisir de vivre ainsi ! Les jours passaient légers comme des plumes, les nuits tranquilles comme dans un couvent et les pensées funestes, qui m'avaient tellement poursuivi en d'autres temps, semblaient faire trêve. Que les jours précaires de La Coruña me paraissaient lointains ! Le temps des coups de couteau se perdait parfois dans le souvenir... Le souvenir de Lola, qui m'avait laissé dans le cœur une plaie si profonde, s'estompait et les temps passés allaient peu à peu tomber dans l'oubli, quand ma mauvaise étoile, cette mauvaise étoile qui semblait s'attacher à moi, voulut les ressusciter pour mon mal.

J'étais dans la taverne de Martinete, quand le jeune Sébastian me dit :

— As-tu vu *El Estirao ?*

— Non, pourquoi ?

— Pour rien, on dit qu'il est au village.

— Au village ?

— Il paraît.

— Tu ne mens pas ?

— Voyons, ne te mets pas dans cet état ! Je te répète ce qu'on m'a dit. Pourquoi irais-je te mentir ?

Je ne pris pas le temps de vérifier ses dires. Je courus chez moi ; je filais comme l'éclair, sans même regarder où je posais les pieds. Ma mère était sur le seuil.

— Et Rosario ?

— Elle est là, à l'intérieur.

— Seule ?

— Oui, pourquoi ?

Je ne répondis pas ; je passai dans la cuisine et la trouvai là, surveillant le pot-au-feu.

— Et *El Estirao ?*

Rosario sursauta ; elle leva la tête et, avec calme, en apparence tout au moins, me répondit :

— Pourquoi me demandes-tu cela ?
— Parce qu'il est au village.
— Au village ?
— C'est ce qu'on m'a dit.
— Mais il n'a pas mis le nez ici !
— Tu en es sûre ?
— Je te le jure.

Elle n'avait pas besoin de me le jurer, c'était vrai ; il n'était pas encore venu, mais il n'allait pas tarder, fanfaron comme un roi de pique, effronté comme un pharaon.

Il se présenta à la porte gardée par ma mère.

— Pascal est là ?
— Que lui veux-tu ?
— Rien, parler d'une affaire.
— D'une affaire ?
— Oui, d'une affaire entre nous deux.
— Entre. Il est là, dans la cuisine.

El Estirao entra sans se découvrir, en sifflotant.

— Salut, Pascal !
— Salut, Paco ! Découvre-toi, tu es dans une maison.

El Estirao se découvrit.

— Si tu y tiens !

Il voulait paraître calme et tranquille, mais n'y arrivait pas ; il semblait un peu nerveux et comme ennuyé.

— Salut, Rosario !
— Salut, Paco !

Ma sœur lui sourit, d'un sourire peureux, qui me répugna ; l'homme aussi souriait, mais sa bouche semblait décolorée.

— Sais-tu pourquoi je viens ?
— Dis-le voir.
— Pour emmener Rosario !

— C'est ce que je pensais. *Estirao,* tu n'emmèneras pas Rosario.

— Je ne l'emmènerai pas ?

— Non.

— Qui m'en empêchera ?

— Moi.

— Toi ?

— Oui, moi ; je ne compte pas pour toi ?

— Pas beaucoup...

A ce moment-là, j'étais froid comme un lézard et je pus mesurer toute la portée de mes actes. Je tâtai mes vêtements, évaluai la distance et, sans le laisser dire un mot de plus, de peur que tout ne se passe comme la première fois, je lui donnai un coup si violent avec un tabouret au milieu du visage qu'il alla s'écraser, à demi mort, sur la hotte de la cheminée. Il essaya de se relever, dégaina son couteau ; sur sa figure passaient des éclairs effrayants ; il avait les os du dos cassés et ne pouvait bouger. Je le pris et le déposai au bord de la route.

— *Estirao,* tu as tué ma femme.

— C'était une garce !

— Elle était ce qu'elle était, mais tu l'as tuée ; tu as déshonoré ma sœur...

— Elle l'était déjà bien quand je l'ai prise !

— Peut-être, mais c'est toi qui l'as perdue ! Te tairas-tu ? Tu m'as cherché, me voici ; je n'ai pas voulu te blesser, ni te casser les côtes...

— Elles guériront un jour, et ce jour-là...

— Ce jour-là, quoi ?

— Je tirerai deux coups sur toi, comme sur un chien enragé.

— Pour le moment, je te tiens.

— Tu n'es pas capable de me tuer !

— Pas capable de te tuer ?

— Non.

— Et pourquoi donc ? Je te trouve bien sûr de toi.

— L'homme qui me tuera n'est pas encore né !

Le garçon était déchaîné.

— Maintenant, va-t'en !

— Je m'en irai quand je voudrai !

— Tout de suite !

— Rends-moi Rosario.

— Non.

— Rends-la-moi ou je te tue !

— Rien moins ! Tu as déjà bien ton compte...

— Tu ne veux pas me la donner ?

— Non.

El Estirao fit un suprême effort pour m'écarter.

Je le pris au cou et le jetai par terre.

— Va-t'en !

— Non !

Nous luttâmes, je le renversai et, un genou sur sa poitrine, lui confessai :

— Je ne te tue pas parce que je l'ai promis...

— A qui ?

— A Lola.

— Alors, c'est qu'elle m'aimait !

C'était trop d'insolence. J'appuyai un peu plus fort... La chair de sa poitrine grésillait comme dans une rôtissoire... Le sang lui sortit par la bouche. Je me relevai et sa tête roula, sans force, sur son épaule...

Je fis trois ans de prison, trois longues années d'amertume, dont je crus d'abord qu'elles ne finiraient jamais, pour ensuite les considérer comme un rêve; trois années passées à travailler, jour après jour, dans la boutique du cordonnier de la prison, à me chauffer dans la cour au soleil, à ce soleil que j'aimais tant, à regarder s'enfuir les heures d'une âme haletante, ces heures que, pour mon malheur, ma bonne conduite devait suspendre avant le temps...

Il est triste de penser que, les quelques fois où je me conduisis bien dans ma vie, la fatalité, cette mauvaise étoile qui, comme je vous l'ai déjà dit, se complaît à me suivre, fit en sorte de rendre inutile ma bonne volonté. Bien plus, à force de dévier et de dégénérer, celle-ci m'achemina toujours vers un malheur plus grand. Si je m'étais mal conduit, je serais resté vingt-huit ans à Chinchilla, purgeant ma peine; j'aurais pourri vivant comme tous les prisonniers, je me serais morfondu jusqu'à la folie, j'aurais désespéré, j'aurais maudit ciel et terre, j'aurais fini par me pervertir complètement, mais je serais là, subissant mon châtiment, libre de nouveaux crimes sanglants, captif sans doute, mais la tête aussi solide sur les épaules qu'à ma naissance, lorsque j'étais libre de toute faute, hormis la faute originelle. Si je m'étais conduit ni trop bien ni trop mal, comme la plupart des détenus, les vingt-huit ans seraient devenus quatorze ou seize, ma mère serait morte de mort naturelle avant que j'aie retrouvé ma liberté ; ma sœur Rosario aurait perdu sa jeunesse, avec sa jeunesse sa beauté et avec sa beauté tout son danger ; quant à moi — ce pauvre moi, ce malheureux tout effondré, qui éveille si peu de pitié en vous et dans la société —, je serais sorti tendre comme une brebis, doux comme une couverture et bien loin sans doute de succomber à nouveau. A cette heure-ci, peut-être, je vivrais tranquille en quelque lieu, travaillant pour me nourrir, m'efforçant d'oublier le passé pour ne plus songer qu'à l'avenir... Mais je me conduisis de mon mieux, je fis contre mauvaise fortune bon cœur, j'obéis toujours avec empressement, je parvins à attendrir la justice, j'obtins de bons rapports du directeur... et fus libéré ; on m'ouvrit les portes, on me laissa sans défense devant l'immensité du mal, on me dit :

— Ta peine est accomplie, Pascal ; retourne à la lutte, retourne à la vie, va-t'en les supporter, leur parler, te frotter à nouveau contre eux...

Et, croyant me faire une grâce, on me perdit pour toujours...

Ces réflexions philosophiques ne m'étaient pas venues lorsque j'écrivis ce chapitre et les deux suivants pour la première fois ; mais on m'a volé mes papiers (je ne sais pas encore pourquoi), tout invraisemblable que cela soit, et, bien attristé d'une cruauté injustifiée, bien désorienté aussi par le fait d'avoir, en me répétant, à retrouver mes souvenirs et à décanter mes idées, je me suis mis à écrire ceci. Je ne me soucie pas d'incliner autrement le cours de mes pensées, car j'ai déjà trop de pénitences comme cela pour la faiblesse de mon esprit, sinon pour l'étendue de mes fautes. Voilà donc ces réflexions, telles qu'elles me sont venues ; faites-en ce que vous voudrez.

Dehors, la campagne était plus triste, beaucoup plus triste que je ne le pensais. Je l'avais imaginée dans mes rêves de prisonnier — allez savoir pourquoi ! — avec des prairies vertes et drues, des champs de blé fertiles, des paysans attentifs à la besogne, joyeux du matin au soir et chantant près d'une bouteille de vin, la tête vide d'idées mauvaises. Or, en sortant, je la trouvai stérile et desséchée comme les cimetières, déserte et solitaire comme un ermitage au lendemain du pardon... Chinchilla est un méchant bourg, comme tous ceux de la Manche, écrasé par une profonde peine grise et terne comme tous les villages où les gens ne mettent pas le nez dehors. Je n'y fus que le temps nécessaire pour prendre le train, ce train qui me rendrait à mon village, à ma maison, à ma famille ; à mon village que je retrouverais toujours à la même place, à ma maison qui resplendirait au soleil comme un bijou, à ma famille qui ne m'attendrait pas si tôt et ne se douterait de rien, à ma mère qu'en trois ans Dieu aurait peut-être adoucie, à ma sœur, à ma sœur chérie, à ma sainte fille de sœur, qui sauterait de joie en me voyant...

Le train se fit attendre longtemps, de longues heures. Si étonnant qu'il paraisse, pour un homme qui avait dans le corps tant d'heures d'attente, une heure de retard m'était insupportable ; je m'impatientais, je m'énervais, comme si j'avais été pressé par une affaire importante. Je marchai dans la gare, j'allai au buffet, je fis les cent pas dans un champ voisin... Rien !... Le train n'arrivait pas, le train ne venait toujours pas, il devait encore être loin avec tout ce retard. Je me souvenais de la prison, là-bas, derrière la gare ; elle semblait déserte, mais elle était pleine jusqu'au bord, gardienne d'un tas de malheureux dont la vie aurait rempli des centaines de pages. Je me souvenais du directeur, de notre dernière entrevue... C'était un petit vieux, chauve, avec des moustaches blanches et des yeux bleus comme le ciel ; il s'appelait don Conrado. Je l'aimais comme un père, reconnaissant de toutes les paroles consolantes qu'il m'avait dites. Je l'avais vu pour la dernière fois dans le bureau où il m'avait fait appeler.

— Vous permettez, don Conrado ?

— Entre, mon fils.

Sa voix était déjà cassée par les années et les misères de l'âge, mais, quand il nous appelait ses fils, elle semblait s'adoucir encore et trembler sur ses lèvres. Il me fit asseoir de l'autre côté de la table, poussa vers moi sa blague, une grande blague en peau de chèvre, et sortit un petit carnet de papier à cigarettes qu'il m'offrit aussi...

— Une cigarette ?

— Merci, don Conrado.

Don Conrado rit.

— Pour parler avec toi, mieux vaut beaucoup de fumée... Ta vilaine figure se voit moins !

Il riait aux éclats, d'un rire qui finit en quinte de toux, le suffoquant et le laissant mal en point, rouge comme une tomate. Il ouvrit un tiroir, en sortit deux verres et une bouteille de cognac. Je m'étonnai ; il m'avait, certes, toujours bien traité, mais jamais comme ce jour-là.

— Qu'y a-t-il, don Conrado ?

— Rien, mon fils, rien... Va, bois... à ta liberté !

La toux le reprit. J'allais demander :

— A ma liberté ?

Mais il me fit de la main signe de ne rien dire. Sa toux finit en rire, cette fois.

— Oui. Il n'y a de chance que pour la canaille !

Et il riait, heureux de pouvoir m'annoncer la nouvelle, heureux de pouvoir me mettre dehors. Pauvre don Conrado, qu'il était bon ! S'il avait su qu'il aurait mieux valu pour moi n'être jamais libéré !... Quand je revins à Chinchilla, dans cette même maison, il me le confessa avec des larmes dans les yeux, dans ces yeux à peine plus bleus que des larmes.

— Bon, maintenant soyons sérieux ! Lis...

Il me montra l'ordre de liberté. Je n'en croyais pas mes yeux.

— Tu as lu ?

— Oui, monsieur.

Il ouvrit un dossier, en tira deux papiers semblables, c'était mon affranchissement.

— Prends, c'est pour toi ; avec cela tu peux aller où tu veux... Signe ici ; sans faire de taches...

Il plia le papier, le glissa dans le dossier... J'étais libre ! Ce qui se passa alors en moi, je ne saurais l'expliquer... Don Conrado devint grave ; il me fit un sermon sur l'honnêteté et les bonnes habitudes, me donna, pour modérer mes emportements, quatre conseils, qui m'auraient épargné bien des malheurs, si je les avais suivis ; puis, quand il eut fini, il me remit, pour clôre la fête, vingt-cinq pesetas, au nom de la « Société des dames régénératrices des prisonniers », institution bienfaisante qui s'était fondée à Madrid pour venir à notre secours.

Don Conrado sonna pour appeler un officier de la prison et me tendit la main.

— Adieu, mon fils. Dieu te garde !

Je ne me sentais pas de joie. Il se tourna vers l'officier.

— Muñoz, accompagnez ce monsieur jusqu'à la porte. Amenez-le d'abord à l'Administration ; qu'il ait ce qu'il lui faut pour huit jours.

Je ne revis jamais Muñoz, mais devais, trois ans et demi plus tard, retrouver don Conrado...

Le train finit par arriver ; tôt ou tard, tout arrive en cette vie, sauf le pardon des offenses, qui s'éloigne parfois comme à plaisir. Je montai dans mon compartiment et, après un jour et demi de voyage et de cahots, j'atteignis la gare de mon village que je connaissais si bien et n'avais cessé d'imaginer durant tout le trajet. Personne, absolument personne, si ce n'est Dieu qui est dans les cieux, n'attendait mon arrivée ; pourtant je ne sais quelle étrange idée me faisait imaginer le quai plein de gens joyeux qui m'auraient reçu les bras en l'air, agitant des mouchoirs, criant mon nom aux quatre vents.

En arrivant, le froid d'une dague effilée se planta dans mon cœur. Il n'y avait personne à la gare... Il faisait nuit ; le chef de gare, M. Gregorio, armé d'une lanterne vert et rouge et d'un drapeau roulé dans son étui, donnait le signal du départ...

Il allait se tourner vers moi, me reconnaître, me féliciter...

— Caramba, Pascal ! Te voilà !

— Oui, monsieur Gregorio. Libre !

— C'est bon, c'est bon !

Et il fit demi-tour, sans plus faire cas de moi. Il entra dans sa maisonnette. J'aurais voulu lui crier :

« Libre, monsieur Gregorio !... Je suis libre ! »

Je pensais qu'il ne s'était pas rendu compte. Un moment je restai interdit, puis renonçai à l'appeler... Le sang bourdonna dans mes oreilles, des larmes montèrent à mes yeux. Qu'importait ma liberté à M. Gregorio !

Je sortis de la gare, mon baluchon sur l'épaule, et pris le raccourci qui conduisait chez moi sans passer par le village. Je marchais bien tristement. Toute ma joie, M. Gregorio l'avait tuée avec ses mots malheureux ; un torrent d'idées funestes, de sinistres présages, que j'essayai vainement de chasser, harcelait ma mémoire. La nuit était claire, sans un nuage, et la lune, comme une hostie, était clouée au milieu du ciel. Je refusais de penser au froid qui m'envahissait...

Là-bas, sur la droite du sentier, à mi-chemin, était le cimetière, à l'endroit même où je l'avais laissé, avec son mur de brique noirâtre, son haut cyprès qui n'avait en rien changé, sa chouette hululante entre les branches... Le cimetière, où mon père se reposait de sa furie, Mario de son innocence, ma femme de son abandon et *El Estirao* de sa grande impudence... Le cimetière, où pourrissaient les restes de mes deux fils, le premier, qui était mort-né, et Pascalillo qui, onze mois durant, fut un tel soleil... L'inquiétude me prit d'arriver au village ainsi, seul, la nuit, et de passer d'abord près du cimetière ! On aurait dit que la Providence prenait plaisir à le mettre devant moi, exprès, pour m'obliger à méditer sur le peu que nous sommes ! L'ombre de mon corps allait devant moi, longue, très longue, longue comme un fantôme, plaquée au sol, docile au terrain ; elle marchait toute droite sur le chemin ou montait sur le mur du cimetière et semblait s'y pencher. Je me mis à courir, l'ombre courut aussi. Je m'arrêtai, l'ombre aussi s'arrêta. Je regardai le firmament : pas un seul nuage. L'ombre m'accompagnerait, pas à pas, jusque chez moi... J'eus peur, une peur inexplicable ; j'imaginai les morts venant avec leur squelette me regarder passer. Je n'osais lever la tête, je pressais le pas ; mon corps ne me pesait guère et mon baluchon non plus... J'avais plus de force que jamais, me semblait-il... Et soudain je courus très vite, comme un chien qui s'enfuit ; je courais, je courais comme un fou, emballé, possédé. En arrivant chez moi, j'étais rendu, je n'aurais pu faire un pas de plus...

Je posai mes bagages à terre et m'assis dessus. Pas un bruit. Rosario et ma mère devaient dormir, ignorant ma présence, libre, à deux pas d'elles. Peut-être ma sœur avait-elle en se couchant récité un *Salve,* sa prière préférée, pour ma délivrance ! Peut-être maintenant songeait-elle tristement à mon malheur, me voyait-elle étendu sur les planches de ma cellule, pensant à elle, le seul être que j'aimai sincèrement dans ma vie ! Elle était peut-être agitée et la proie d'un cauchemar... Et moi, j'étais là désormais, libre, sain comme une pomme, prêt à de nouveaux commencements, prêt à la consoler, à la gâter, à la voir sourire...

Je ne savais que faire ; j'eus l'idée d'appeler... Elles auraient peur ; nul n'appelle à cette heure.

Sans doute n'oseraient-elles pas ouvrir... Mais je ne pouvais pas non plus rester là ni attendre le jour, assis sur mes bagages...

Deux hommes venaient sur la route, conversant à voix haute ; ils avaient l'air gai, heureux ; ils venaient d'Almendralejo, avaient vu leurs amies peut-être. Je les reconnus bientôt : Léon, le frère de Martinete, et le jeune Sébastian. Je me cachai, je ne sais pourquoi, il me fallut faire vite. Ils passèrent très près de la maison, à me toucher ; je les entendais parler.

— Vois ce qui est arrivé à Pascal...

— Et qu'a-t-il fait ? Ce que chacun de nous à sa place...

— Défendre sa femme.

— Eh ! oui.

— Et le voilà à Chinchilla, à plus d'un jour de train, depuis trois ans déjà...

J'éprouvai une joie profonde ; l'idée me vint dans un éclair de sortir, d'aller au-devant d'eux, de les embrasser... Pourtant je préférai n'en rien faire ; on m'avait calmé dans la prison, on avait modéré mes élans...

J'attendis de les voir s'éloigner. Lorsque je les crus suffisamment loin, je sortis du fossé et me dirigeai vers la porte. Mon baluchon était là, ils ne l'avaient pas vu ; sinon, j'aurais dû me montrer, leur expliquer ; ils auraient cru que je me cachais, que je les fuyais...

Je ne voulus plus y penser ; je m'approchai de la porte et j'y frappai deux coups. Nul ne répondit... J'attendis quelques minutes. Rien. Je frappai de nouveau, plus fort cette fois. A l'intérieur, une lampe s'alluma.

— Qui est là ?

— C'est moi !

— Qui ?

C'était la voix de ma mère. J'eus plaisir à l'entendre, pourquoi mentir ?

— C'est moi, Pascal !

— Pascal ?

— Oui, mère. Pascal !

Elle ouvrit la porte. Éclairée par la lampe, elle semblait une sorcière.

— Que veux-tu ?

— Comment, qu'est-ce que je veux ?

— Oui.

— Mais entrer, voyons !

Elle était étonnée. Pourquoi me traitait-elle ainsi ?

— Que vous arrive-t-il, mère ?

— Rien, pourquoi ?

— Vous avez l'air stupéfaite !

Je suis sûr que ma mère aurait préféré ne pas me voir. Toutes les haines d'autres temps revenaient m'emprisonner. J'essayai de les détourner, de les chasser.

— Et Rosario ?

— Partie.

— Partie ?

— Oui.

— Où cela ?

— A Almendralejo.

— Encore ?

— Oui.

— Avec quelqu'un ?

— Oui.

— Avec qui ?

— Que t'importe ?

Le monde s'écroulait sur ma tête. Je ne voyais pas clair ; je me demandai si je ne rêvais pas. Il y eut un court moment de silence entre nous deux.

— Pourquoi est-elle partie ?

— Tu vois...

— Elle ne pouvait pas m'attendre ?

— Elle ne savait pas que tu devais revenir. Elle parlait sans cesse de toi...

Pauvre Rosario, quelle triste vie elle menait, bonne comme elle était !

— Vous n'aviez pas de quoi manger ?

— Quelquefois.

— Et c'est pour cela qu'elle est partie ?

— Qui sait ?

Le silence retomba.

— Tu la vois ?

— Oui, elle vient souvent... Comme il est aussi du village !

— Il ?

— Oui.

— Qui est-ce ?

— Le jeune Sébastian.

Je crus mourir. J'aurais payé cher pour être encore en prison...

Rosario vint me voir dès qu'elle connut mon arrivée.

— J'ai appris hier que tu étais de retour. Tu nc sais pas comme je suis contente !

Que j'avais de plaisir à l'entendre !

— Si, je le sais, Rosario ; je me l'imagine. Moi aussi, j'avais hâte de te revoir !

Nous avions l'air de nous faire des politesses, d'avoir fait connaissance depuis seulement dix minutes. Nous faisions des efforts tous les deux pour sembler naturels. Au bout d'un moment, pour dire quelque chose, je demandai :

— Comment as-tu pu repartir ?

— Tu vois...

— Tu étais si pressée ?

— Assez.

— Et tu n'as pas pu attendre ?

— Je n'ai pas voulu...

Sa voix se fit âpre.

— Je n'avais pas envie de connaître de nouveaux malheurs.

Je la comprenais ; la pauvre en avait eu sa part...

— N'en parlons plus, Pascal !

Rosario souriait avec son sourire de toujours, ce sourire triste et lassé qu'ont tous les malheureux dont la nature est restée bonne.

— Parlons d'autre chose... Sais-tu que je t'ai cherché une femme ?

— A moi ?

— Oui.

— Une femme ?

— Oui. Pourquoi ? Cela t'étonne ?

— Non... C'est drôle. Qui pourrait m'aimer ?

— Mais n'importe qui. Est-ce que je ne t'aime pas, moi ?

Je connaissais l'affection de ma sœur, mais qu'elle me la dise me fit plaisir ; comme aussi son idée de me trouver une femme. Voyez comme on est !

— Et qui est-ce ?

— La nièce de Mme Engracia.

— Esperanza ?

— Oui.

— Une belle fille !

— Et qui t'aime depuis toujours, avant même ton mariage.

— Elle le taisait bien !

— Que veux-tu ? Chacune son caractère !

— Et toi, que lui as-tu dit ?

— Rien ; qu'un jour tu reviendrais.

— Et je suis revenu...

— Grâce à Dieu !

La femme que Rosario me destinait était, en vérité, une jolie fille. Elle n'avait pas le genre de Lola, mais quelque chose d'intermédiaire entre Lola et la femme d'Estévez, sans parler d'une certaine ressemblance — à bien y regarder — avec ma sœur. Elle pouvait alors avoir trente ou trente-deux ans, mais il n'y paraissait guère, tant elle semblait jeune et bien conservée. Elle était très religieuse, et même mystique, chose rare dans nos régions, et se laissait conduire par la vie, comme les gitans, avec fatalisme, pensant toujours :

— Pourquoi changer ? C'est écrit !

Elle habitait sur le coteau avec sa tante, Mme Engracia, la demi-sœur de son défunt père, car elle était restée orpheline des deux côtés toute jeune encore ; elle était docile de nature, un peu timide, et nul jamais ne l'avait vue ni entendue discuter avec personne, et encore moins avec sa tante, pour qui elle avait un grand respect. Elle était propre comme il en est peu ; elle avait la couleur des pommes ; lorsque, peu de temps après, elle devint ma femme — ma seconde femme —, elle rangea si bien ma maison qu'à toutes sortes de détails je ne pus la reconnaître.

La première fois que je la revis, la chose ne laissa pas d'être violente ; tous les deux nous savions ce que nous allions dire, nous guettions du coin de l'œil nos moindres gestes... Nous étions seuls, mais cela ne changeait rien ; depuis une heure, nous étions seuls et, à chaque minute qui passait, il semblait plus difficile d'engager la conversation. C'est elle qui ouvrit le feu :

— Tu as grossi.

— Peut-être...

— Et ton visage est plus clair.

— Il paraît...

En vain je m'efforçais d'être aimable et volubile, j'étais comme assommé, écrasé par un poids qui m'étouffait ; cette impression fut l'une des plus agréables de ma vie, l'une de celles qui me laissèrent le plus de regret.

— Comment étais-tu là-bas ?

— Très mal.

Elle avait un air pensif... A quoi pouvait-elle penser ?

— Tu pensais beaucoup à Lola ?

— Quelquefois. Pourquoi mentir ? Comme je n'avais rien d'autre à faire, je pensais à tout le monde. Même à *El Estirao*, tu vois !

Esperanza était légèrement pâle.

— Je suis très heureuse que tu sois revenu.

— Oui, Esperanza, et moi très heureux d'avoir été attendu par toi.

— Attendu par moi ?...

— Oui ; ne m'attendais-tu pas ?

— Qui te l'a dit ?

— Tu vois ! Tout se sait !

Sa voix tremblait ; un peu plus, son tremblement me gagnait.

— C'est Rosario ?

— Oui. Quel mal y vois-tu ?

— Aucun...

Les larmes lui montèrent aux yeux.

— Qu'auras-tu pensé de moi ?

— Que voulais-tu que je pense ? Rien !

Je m'approchai doucement et lui embrassai les mains. Elle se laissait faire.

— Je suis aussi libre que toi, Esperanza.

— ...

— Libre comme à vingt ans.

Esperanza me regardait timidement.

— Je ne suis pas vieux ; je dois penser à vivre.

— Oui.

— A mettre de l'ordre dans mon travail, ma maison, ma vie. C'est vrai que tu m'attendais ?

— Oui.

— Et pourquoi ne me le dis-tu pas ?

— Je te l'ai déjà dit.

C'était vrai ; elle me l'avait déjà dit, mais j'avais plaisir à l'entendre encore.

— Redis-le-moi.

Esperanza rougit comme un piment. Sa voix était entrecoupée ; ses lèvres et les ailes de son nez tremblaient comme des feuilles agitées par la brise, comme le duvet du chardonneret qui se gonfle au soleil...

— Je t'attendais, Pascal. Tous les jours je priais pour que tu reviennes vite ; Dieu m'a écoutée...

— C'est vrai.

De nouveau, je lui embrassai les mains. J'étais très doux. Je n'osais l'embrasser sur le visage...

— Tu veux... Tu veux...

— Oui.

— Tu savais ce que j'allais dire ?

— Oui. Ne continue pas.

Et soudain elle fut rayonnante comme une aurore.

— Embrasse-moi, Pascal...

Sa voix changea, se voila, s'assourdit...

— Je t'ai assez attendu !

Je l'embrassai ardemment, intensément, avec une tendresse et un respect que je n'avais jamais éprouvés pour aucune femme, et si longtemps, si longtemps que, lorsque je quittai sa bouche, l'affection la plus fidèle venait de naître en moi.

Nous étions mariés depuis deux mois lorsque je compris que ma mère conservait ses façons de faire et ses procédés perfides d'autrefois. J'étais furieux de son air toujours méfiant et dédaigneux, de ses mots blessants et pleins d'allusions, de cette voix de fausset qu'elle prenait pour me parler, aussi fausse qu'elle-même. Ma femme transigeait avec elle, mais quel remède lui restait-il ? Ma mère ne pouvait la voir en peinture et dissimulait si peu son dédain qu'un jour Esperanza en eut assez ; elle m'exposa l'affaire en des termes tels que je compris qu'il n'y avait qu'une solution : nous éloigner, mettre de la terre entre nous... S'éloigner, cela s'entend lorsque deux personnes gagnent des villages différents, mais, à bien y réfléchir, cela peut se dire aussi lorsque, entre la chambre où l'un marche et celle où les autres dorment, il n'y a que vingt pieds de haut...

Je retournai l'idée du départ sous toutes ses faces ; je pensai à La Coruña, à Madrid ou, plus près, à la capitale[1] ; toujours est-il que, par lâcheté peut-être ou manque de décision, je différai la chose tant et tant que, lorsque je m'en allai, c'est mon corps lui-même, mes propres souvenirs, que j'aurais voulu fuir... La terre

1. Badajoz, capitale de la province d'Estrémadure (*N.d.T.*).

alors ne me suffit pas pour échapper à ma faute... La terre n'eut pas de longueur ni de largeur suffisante pour étouffer la clameur de ma conscience... J'aurais voulu mettre alors de la terre entre mon ombre et moi, entre mon nom, mon passé et moi, entre ma peau et moi ; ce moi qui, dépourvu d'ombre, de passé, de nom et de peau, aurait été si peu de chose...

Il y a des occasions où il vaut mieux s'effacer comme un mort, disparaître soudain comme avalé par la terre, s'effilocher dans l'air comme une quenouille de fumée... Des occasions dont nous ne profitons pas, sinon nous serions des anges, nous cesserions de nous vautrer dans le crime et le péché, délivrés du fardeau de notre chair gangrenée... L'oubli viendrait, je vous assure, tant notre horreur est grande de tout cela, si quelqu'un n'avait soin constamment d'éveiller notre mémoire et de souffler sur les scories pour asphyxier notre âme... Rien n'empeste autant que la lèpre laissée dans la conscience par le mal, que la douleur d'être à jamais plongé dans le mal et de pourrir sous cet ossuaire d'espérances mortes qu'est, dès notre naissance pourtant si lointaine, notre triste vie...

Semblable à toutes les pensées mauvaises, l'idée de tuer s'en vient à pas de loup, elle se traîne comme une couleuvre. Jamais les idées qui nous bouleversent n'arrivent brusquement ; la soudaineté reste l'apanage de ce qui nous étouffe un instant, mais nous laisse, en s'en allant, de longues années à vivre. Les pensées qui nous rendent fous de la pire des folies, celle de la tristesse, nous blessent peu à peu, insensiblement, comme le brouillard envahit les champs ou la phtisie les poitrines... Elles avancent, fatales, infatigables, mais lentes, douces et régulières comme le pouls. Aujourd'hui pas de trace, ni demain non plus peut-être, ni après-demain, ni un mois durant. Pourtant, ce mois passé, nous commençons à trouver la nourriture amère et comme douloureuse la mémoire ; déjà nous sommes atteints. Des jours, des nuits s'écoulent ; nous devenons ombrageux, solitaires ; dans notre tête, les idées mijotent, ces idées qui nous feront couper la tête où elles ont mijoté, peut-être pour mettre fin à ce travail atroce. Des semaines entières passent sans changement ; notre entourage s'est habitué maintenant à notre sauvagerie et ne s'étonne même plus de nos façons singulières. Mais, un jour, le mal grandit, comme les arbres, il grossit, et déjà nous ne saluons plus les gens ; on recommence à nous trouver étranges, comme les amoureux. Nous allons nous amaigrissant, nous amaigrissant, et notre barbe hirsute devient toujours plus filasse. Nous sentons maintenant la haine qui nous tue, nous fuyons les regards ; notre conscience nous fait mal, qu'importe ! Mieux vaut qu'elle nous fasse mal ! Nos yeux s'emplissent d'une eau vénéneuse et nous brûlent, dès que nous regardons fixement. L'ennemi remarque notre angoisse, mais il est confiant ; l'instinct ne trompe pas. Le malheur est plaisant, désirable, et nous prenons le plus doux plaisir à lui livrer cette place immense et fragile qu'est désormais notre âme... Fuyons-nous comme des chèvres ? Le bruit trouble-t-il nos songes ? Nous sommes déjà minés par le mal. Pas de solution, plus d'arrangement possible. Nous commençons à tomber, à tomber très vite, pour ne plus nous relever vivants... Sinon, peut-être, à la dernière heure, avant de glisser la tête la première en enfer... Mauvaise chose.

Ma mère prenait un malin plaisir à me torturer la cervelle, où s'en venait le mal comme les mouches à l'odeur des morts. Toute la bile que j'avalai m'empoisonna le cœur ; il me venait de si mauvaises pensées que j'avais peur de moi. Je ne voulais pas la voir ; les jours passaient, semblables les uns aux autres, et la douleur clouée dans mes entrailles ne changeait pas, ni ces présages de tempête qui nous brouillaient la vue...

Le jour où je résolus d'utiliser mon couteau, j'étais si accablé, si sûr qu'il fallait noyer le mal dans le sang, que mon cœur ne se troubla pas à la pensée que j'allais tuer ma mère. C'était quelque chose de fatal, qui devait venir et qui venait, que je devais provoquer et ne pouvais plus éviter, quand même je l'aurais voulu. Il me semblait impossible, en effet, de changer d'opinion, de revenir en arrière et d'éviter le malheur ; je donnerais maintenant une main pour qu'il n'ait pas eu lieu, mais, à ce moment-là, j'avais plaisir à l'entreprendre, à le calculer d'avance, comme un cultivateur qui évalue sa récolte...

Tout était bien préparé ; des nuits entières, je pensai à la même chose, pour m'enhardir et prendre des forces ; j'aiguisai mon couteau de montagne, mon couteau avec sa lame longue, large comme une feuille de maïs et creusée d'une rainure, avec son manche incrusté de nacre qui lui donnait un air de défi... Une fois la date fixée, il n'allait plus falloir hésiter ni se détourner, mais garder son calme... et frapper, frapper vite et sans retenue, puis s'enfuir, s'enfuir très loin, à La Coruña, s'enfuir dans une cachette ignorée de tous, dans un lieu où il serait possible de vivre en paix et d'attendre l'oubli des gens, l'oubli qui permettrait de revenir et de vivre à nouveau... Je n'aurais pas de remords, il n'y avait pas de motif. La conscience ne reproche que les injustices commises : battre un enfant, tuer une hirondelle... Mais de ces actes inspirés par la haine, commis sous l'impulsion d'une idée fixe, jamais l'on ne se repent, jamais la conscience ne les reproche.

Ce fut le 12 février 1922. Cette année-là, le 12 février tomba un vendredi. Le temps était clair comme d'ordinaire en cette région ; le soleil faisait du bien, et je crois me souvenir qu'il y eut ce jour-là plus d'enfants que jamais sur la place à jouer aux billes et aux osselets. Cela m'obsédait, mais j'essayai de me vaincre et j'y réussis ; revenir en arrière aurait été impossible, fatal pour moi, m'aurait conduit à la mort, peut-être au suicide. On aurait fini par me trouver au fond du Guadiana, sous les roues du train... Non, je ne pouvais reculer ; il me fallait aller de l'avant, toujours de l'avant, jusqu'au bout. C'était une question d'amour-propre.

Ma femme dut deviner quelque chose.

— Que vas-tu faire ?

— Rien, pourquoi ?

— Je ne sais pas ; je te trouve drôle.

— Quelle idée !

Je l'embrassai pour la tranquilliser ; ce fut le dernier baiser que je lui donnai. Que j'étais loin de le savoir alors ! Si je l'avais su, je me serais troublé...

— Pourquoi m'embrasses-tu ?

Je restai interdit.

— Pourquoi ne t'embrasserais-je pas ?

Ses paroles me donnèrent beaucoup à penser. On aurait dit qu'elle m'avait deviné, qu'elle avait déjà parcouru tout ce chemin.

Le soleil se coucha au même endroit que les autres jours. Vint la nuit... On dîna... Elles se mirent au lit... Moi, je restai, comme toujours, à jouer avec la cendre du foyer. Depuis longtemps déjà, je n'allais plus à la taverne de Martinete.

L'occasion était venue, l'occasion tant attendue. Il me fallait prendre mon courage à deux mains, finir vite, le plus vite possible. La nuit est courte ; tout devait être fait dans la nuit et le jour se lever quand je serais bien loin du village.

Je prêtai l'oreille un long moment. On n'entendait rien. J'allai jusqu'à la chambre de ma femme ; elle dormait, et je la laissai dormir. Ma mère devait dormir, elle aussi. Je revins dans la cuisine ; je me déchaussai ; le sol était froid et les pierres s'enfonçaient dans la plante du pied. Je dégainai mon couteau qui brillait à la flamme comme un soleil...

Elle était là, étendue sous les draps, le visage tout contre l'oreiller. Je n'avais qu'à me jeter sur son corps, la frapper. Elle ne bougerait pas, elle ne pousserait pas un seul cri ; je ne lui en laisserais pas le temps... Elle était déjà à ma portée, profondément endormie, ne se doutant de rien. Dieu, que les gens que l'on tue se doutent peu de leur sort ! Je voulais me décider, mais n'y parvenais pas ; il dut m'arriver plusieurs fois de lever le bras et de le laisser retomber le long du corps.

Je pensai fermer les yeux et frapper. Impossible. Frapper les yeux fermés revient à ne pas frapper du tout, tant on risque de manquer son coup... Je devais frapper, les yeux bien ouverts, de toutes mes forces. Je devais garder mon calme, retrouver mon calme, qui me semblait déjà compromis par la vue du corps de ma mère... Le temps passait et je restais là, immobile et figé comme une statue, incapable d'en finir. Je n'osais pas ; après tout, c'était ma mère, la femme qui m'avait donné le jour et méritait pour cela d'être pardonnée... Pourtant non, je ne pouvais lui pardonner parce qu'elle m'avait mis au monde. Elle ne m'avait fait là aucune faveur, absolument aucune... Il n'y avait plus de temps à perdre. Il fallait se décider une bonne fois... Un long moment, je restai debout, comme endormi, mon couteau à la main, image même du crime... J'essayais de me dominer, de récupérer des forces, de les concentrer. Je brûlais du désir de finir vite, vite, et de sortir en courant, pour aller quelque part m'écrouler à bout de souffle. Je m'épuisais ; voilà une bonne heure que j'étais près d'elle, que je semblais la garder, veiller sur son sommeil. Et j'étais venu pour la tuer, pour la faire disparaître, arracher sa vie à coups de poignard !...

Peut-être une autre heure allait-elle passer. Non, définitivement, non. Je ne pouvais pas ; cela dépassait mes forces, faisait refluer mon sang. Je pensai fuir. J'allais peut-être faire du bruit en m'en allant ! Elle s'éveillerait, me reconnaîtrait. Non, je ne pouvais pas fuir non plus ; j'étais perdu de toute façon... Je n'avais d'autre solution que de frapper, frapper sans pitié, rapidement, pour le plus vite possible en finir. Mais je ne pouvais pas non plus frapper... J'étais tombé dans un bourbier, où je m'enfonçais peu à peu, sans possible salut, sans issue possible... La boue m'enserrait déjà le cou. J'allais mourir noyé comme un chat... Je ne pouvais tuer ; j'étais comme paralysé...

Je fis demi-tour pour m'en aller. Le plancher grinça. Ma mère remua dans le lit.

— Qui est là ?

Maintenant, oui, il n'y avait pas d'autre solution. Je me jetai sur elle et l'agrippai. Elle lutta, se glissa... Un moment elle put me prendre par le cou. Elle criait comme une damnée. Nous luttions ; ce fut une lutte terrible, vous ne pouvez l'imaginer. Nous rugissions comme des bêtes, la bave nous venait aux lèvres... Me retournant, je vis ma femme, blanche comme une morte, arrêtée près de la porte et n'osant entrer. Elle tenait une lampe à la main et je pus voir à la lumière le visage de ma mère, violet comme un habit de pénitent... Nous luttions toujours ; j'avais les vêtements déchirés, la poitrine à l'air. La damnée avait plus de force qu'un démon. Il me fallut toute ma puissance d'homme pour la maîtriser. Vingt fois je crus la tenir, vingt fois elle m'échappa. Elle me griffait, me donnait des coups de pied et de poing, des coups de dents. Elle arriva même à me saisir avec sa bouche un mamelon — le gauche — et d'un coup me l'arracha. Au même moment, je lui enfonçai mon couteau dans la gorge...

Le sang gicla et me frappa le visage. Il était chaud comme un ventre et avait le même goût que le sang des moutons...

Je la lâchai pour m'enfuir. En sortant, je heurtai ma femme ; la lampe s'éteignit. Je pris à travers champs et je courus, je courus sans repos, des heures entières. La campagne était fraîche, une sensation de soulagement ruisselait dans mes veines...

Je pouvais respirer...

Autre note du transcripteur

Ici s'achève le manuscrit de Pascal Duarte. Malgré tous mes efforts, je n'ai pu éclaircir s'il avait été pendu à ce moment de son récit ou s'il avait encore eu le temps de raconter d'autres aventures sur des pages désormais perdues.

Don Benigno Bonilla, licencié en pharmacie, qui tient à Almendralejo une boutique, où je découvris, comme je l'ai déjà dit, les papiers que je viens de transcrire, me donna toutes sortes de facilités pour continuer mes recherches. Je retournai son officine comme une chaussette; j'explorai même les bocaux de porcelaine, les flacons, le dessus et le dessous des armoires, le paquet de bicarbonate... J'appris de jolis noms : onguent du fils de Zacarias, du bouvier et du cocher, onguent de résine et de poix, de graisse de porc, de baies de laurier, de la Charité, onguent contre la pelade des bêtes à laine... *Je toussai avec la moutarde, j'eus des nausées avec la valériane, je pleurai avec l'ammoniaque; mais, malgré tout mon remue-ménage, malgré tous mes* Pater *à saint Antoine, je ne découvris rien et sans doute n'y avait-il rien à découvrir.*

Cette absence complète de renseignements sur les dernières années de Pascal Duarte ne laisse pas d'être très fâcheuse. Un simple calcul montre qu'il a dû revenir, selon ce qu'il dit lui-même, à la prison de Chinchilla, pour y rester jusqu'en 1935 ou peut-être même jusqu'en 1936. Il paraît bien improbable qu'il soit sorti de prison avant le début de la guerre civile. Ce que l'on ne peut d'aucune façon vérifier, c'est la conduite qu'il eut durant les quinze jours de révolution que connut son village; exception faite de l'assassinat de M. Gonzalez de la Riva, dont notre homme fut l'auteur avoué et convaincu, on ne sait rien, absolument rien; du crime lui-même nous connaissons bien le fait patent, irréparable, mais ses raisons, ses motifs demeurent obscurs, car Pascal ne parla jamais que lorsqu'il le voulut bien, ce qui était rare. Peut-être, si son exécution avait été différée, aurait-il eu le temps d'aborder ce problème dans ses Mémoires et l'aurait-il largement traité; il n'en fut rien, et la lacune qui surgit à la fin de sa vie ne pourrait être comblée que par un recours à l'invention ou au roman, solution qui répugne à la véracité de ce livre.

La lettre de Pascal Duarte à don Joaquin Barrera a dû être écrite en même temps que les chapitres XII *et* XIII*, les seuls où soit employée de l'encre violette, comme dans la lettre à ce monsieur. Ceci prouve bien que Pascal ne suspendit pas* définitivement, *comme il le disait, son récit, mais qu'il calcula l'effet de sa lettre pour un moment déterminé, précaution qui nous montre notre bonhomme moins étourdi et moins accablé qu'il ne semblerait à première vue. Une chose très claire, puisque nous la tenons du caporal de la Garde civile Cesareo Martin, lui-même chargé de la commission, c'est la façon dont le manuscrit parvint de la prison de Badajoz à la maison de M. Barrera, à Mérida.*

Soucieux d'éclairer le plus possible les derniers moments du personnage, je me suis adressé à don Santiago Lurueña, pour lors aumônier de la prison et maintenant curé de la paroisse de Magacela (Badajoz), ainsi qu'à don Cesareo Martin, soldat de la Garde civile, alors affecté à la prison de Badajoz et maintenant commandant le poste de La Vécilla (León), les deux hommes qui, par leur emploi, purent approcher le criminel, lorsque vint l'heure pour lui de payer ses dettes à la justice.

Voici leurs réponses...

Magacela (Badajoz), le 9 janvier 1942.

Bien cher et distingué Monsieur,

Je reçois à l'instant, avec un certain retard, votre aimable lettre du 18 décembre dernier et les 359 pages écrites à la machine contenant les Mémoires du malheureux Duarte. Le tout m'est transmis par don David Freire Angulo, actuel aumônier de la prison de Badajoz et compagnon de votre serviteur en ses jeunes années de séminaire à Salamanque. Je calme tout d'abord ma conscience en écrivant ces mots dès l'ouverture de l'enveloppe, mais je remets à demain le soin de les continuer, avec l'aide de Dieu, une fois lu, selon vos instructions et ma curiosité, le manuscrit que j'ai devant moi.

(Je continue le 10.)

Je viens de lire d'un trait, bien que, d'après Hérodote, ce ne soit guère façon de faire une bonne lecture, les confessions de Duarte, et vous n'avez pas idée de l'impression profonde qu'elles ont laissée dans mon esprit, ni du bouleversement qu'elles ont apporté dans mon âme. Moi qui ai recueilli ses dernières paroles de repentir avec la joie d'un laboureur qui récolte la plus dorée des moissons, me voici tout ému par le récit d'un homme que la plupart des gens considèrent comme une hyène (c'est ainsi que, moi-même, je l'imaginais en pénétrant dans sa cellule), mais qui n'est au fond qu'un doux mouton, poursuivi et effrayé par la vie.

Il se prépara à la mort de façon exemplaire et c'est à la dernière heure seulement que le malheureux fléchit un peu, faute de courage, et connut des souffrances qu'une plus grande vaillance lui eût épargnées.

Il mit son âme en règle avec une décision et une sérénité qui me saisirent, et il prononça devant tous, au moment d'être conduit dans la cour, un « Que soit faite la volonté du Seigneur ! » qui nous émerveilla et nous édifia par son humilité. C'est un malheur que l'ennemi lui ait dérobé ses derniers moments ; sa mort autrement aurait pu, à coup sûr, être tenue pour sainte ! Il fut un exemple pour tous ceux qui étaient là (tant qu'il put se maîtriser, comme je l'ai dit) et je tirai de cette vision des enseignements profitables pour mon doux ministère de la guérison des âmes. Que Dieu l'ait accueilli dans son royaume !

Recevez, Monsieur, avec toute ma sincère affection, le salut de votre humble

S. LURUEÑA, prêtre.

P.-S. — Je regrette de ne pouvoir vous donner satisfaction au sujet de la photographie et ne sais non plus que vous conseiller à ce sujet.

Après l'une, voici l'autre lettre :

La Vécilla (Léon), le 12 janvier 1942.

Cher Monsieur,

Je vous accuse réception de votre lettre du 18 décembre, espérant que la présente vous trouvera en aussi bonne santé qu'à cette date. Moi, je vais bien, grâce à Dieu, bien que raide comme un bâton, avec ce climat qui n'est pas à souhaiter au plus grand criminel. Je m'en vais répondre à toutes vos questions, car je ne vois pas de raison de service qui puisse m'en empêcher ; s'il s'en était trouvé, vous auriez dû m'excuser, mais je n'aurais pu souffler mot. Si je me souviens de Pascal Duarte ? Je crois bien ! Ce fut de longtemps le plus célèbre prisonnier que nous eûmes à garder. Je ne jurerais pas que sa tête était bien solide, quand même on m'offrirait l'Eldorado, car il agissait comme un malade. Avant sa première confession, tout alla bien ; mais, sitôt après, il fut pris de scrupules et de remords qu'il voulut chasser par la pénitence. Les lundis parce qu'il avait tué sa mère, les mardis parce qu'il avait tué ce jour-là M. le comte de Torremejia, les mercredis parce qu'il avait tué je ne sais qui, et ainsi des demi-semaines entières, le malheureux se privait de toute nourriture ; il maigrit si vite que, pour moi, le bourreau n'eut guère de peine à faire entrer le garrot dans sa gorge. Le pauvre homme passait ses journées à écrire dans la fièvre ; comme il n'était pas dérangeant et que le directeur, compatissant, nous avait ordonné de lui fournir tout ce qu'il fallait pour écrire, l'homme ne s'en privait pas et n'arrêtait pas un instant. Un jour, il m'appela, me montra une lettre dans une enveloppe ouverte (« Pour que vous la lisiez, si vous voulez », me dit-il), adressée à don Joaquin

Barrera Lopez, à Mérida, et il me dit sur un ton dont je ne sus jamais s'il était de prière ou de commandement : « Quand on m'emmènera, prenez cette lettre, arrangez un peu ce tas de papiers, et envoyez le tout à ce monsieur. Vous comprenez ? »

Et il ajouta, plongeant ses yeux dans les miens, avec un regard si mystérieux qu'il me troubla : « Dieu vous le rendra... car je vais l'en prier ! »

Je lui obéis, car je ne vis pas de mal en cela et respectai toujours la volonté des morts.

Quant à sa fin, elle fut des plus banales et des plus pitoyables. S'il fit au début le fanfaron, poussant devant tout le monde un « Que soit faite la volonté du Seigneur ! » qui nous ébahit, il oublia bientôt de sauver la face. A la vue de l'estrade, il s'évanouit et, lorsqu'il revint à lui, ce fut pour crier si fort qu'il ne voulait pas mourir, que l'on n'avait pas le droit d'en agir de la sorte avec lui, qu'il fallut le traîner jusqu'à la sellette. Là, il baisa pour la dernière fois un crucifix que lui tendait le père Santiago, l'aumônier de la prison, un vrai saint, et termina ses jours crachant et trépignant, sans aucun souci des circonstances et de la manière la plus honteuse et la plus basse dont un homme puisse finir, montrant à tous comme il craignait la mort.

Je vous demanderai, s'il vous est possible, de m'envoyer deux livres au lieu d'un, quand ils seront imprimés. L'autre est pour le lieutenant ; il vous prie de lui faire l'envoi contre remboursement, si vous voulez.

J'espère que ma réponse vous aura satisfait et je vous envoie mes meilleures salutations.

CESAREO MARTIN.

Votre lettre a mis longtemps à me parvenir, et c'est pourquoi je n'ai pu vous écrire avant. Elle m'a été transmise de Badajoz et je l'ai reçue ici le 10, samedi, c'est-à-dire avant-hier. Adieu.

Que pourrais-je ajouter pour mon compte aux paroles de ces messieurs ?

Table

IMPRIMERIE BUSSIÈRE À SAINT-AMAND (CHER)
DÉPÔT LÉGAL FÉVRIER 1990. N° 11564 (10180)

Collection Points

SÉRIE ROMAN

R1. Le Tambour, *par Günter Grass*
R2. Le Dernier des Justes, *par André Schwarz-Bart*
R3. Le Guépard, *par Giuseppe Tomasi di Lampedusa*
R4. La Côte sauvage, *par Jean-René Huguenin*
R5. Acid Test, *par Tom Wolfe*
R6. Je vivrai l'amour des autres, *par Jean Cayrol*
R7. Les Cahiers de Malte Laurids Brigge *par Rainer Maria Rilke*
R8. Moha le fou, Moha le sage, *par Tahar Ben Jelloun*
R9. L'Horloger du Cherche-Midi, *par Luc Estang*
R10. Le Baron perché, *par Italo Calvino*
R11. Les Bienheureux de La Désolation, *par Hervé Bazin*
R12. Salut Galarneau !, *par Jacques Godbout*
R13. Cela s'appelle l'aurore, *par Emmanuel Roblès*
R14. Les Désarrois de l'élève Törless, *par Robert Musil*
R15. Pluie et Vent sur Télumée Miracle *par Simone Schwarz-Bart*
R16. La Traque, *par Herbert Lieberman*
R17. L'Imprécateur, *par René-Victor Pilhes*
R18. Cent Ans de solitude, *par Gabriel Garcia Marquez*
R19. Moi d'abord, *par Katherine Pancol*
R20. Un jour, *par Maurice Genevoix*
R21. Un pas d'homme, par Marie Susini
R22. La Grimace, *par Heinrich Böll*
R23. L'Age du tendre, *par Marie Chaix*
R24. Une tempête, *par Aimé Césaire*
R25. Moustiques, *par William Faulkner*
R26. La Fantaisie du voyageur, *par François-Régis Bastide*
R27. Le Turbot, *par Günter Grass*
R28. Le Parc, *par Philippe Sollers*
R29. Ti Jean L'horizon, *par Simone Schwarz-Bart*
R30. Affaires étrangères, *par Jean-Marc Roberts*
R31. Nedjma, *par Kateb Yacine*
R32. Le Vertige, *par Evguénia Guinzbourg*
R33. La Motte rouge, *par Maurice Genevoix*
R34. Les Buddenbrook, *par Thomas Mann*
R35. Grand Reportage, *par Michèle Manceaux*
R36. Isaac le mystérieux (Le ver et le solitaire) *par Jerome Charyn*
R37. Le Passage, *par Jean Reverzy*

R38. Chesapeake, *par James A. Michener*
R39. Le Testament d'un poète juif assassiné
par Elie Wiesel
R40. Candido, *par Leonardo Sciascia*
R41. Le Voyage à Paimpol, *par Dorothée Letessier*
R42. L'Honneur perdu de Katharina Blum
par Heinrich Böll
R43. Le Pays sous l'écorce, *par Jacques Lacarrière*
R44. Le Monde selon Garp, *par John Irving*
R45. Les Trois Jours du cavalier, *par Nicole Ciravégna*
R46. Nécropolis, *par Herbert Lieberman*
R47. Fort Saganne, *par Louis Gardel*
R48. La Ligne 12, *par Raymond Jean*
R49. Les Années de chien, *par Günter Grass*
R50. La Réclusion solitaire, *par Tahar Ben Jelloun*
R51. Senilità, *par Italo Svevo*
R52. Trente Mille Jours, *par Maurice Genevoix*
R53. Cabinet Portrait, *par Jean-Luc Benoziglio*
R54. Saison violente, *par Emmanuel Roblès*
R55. Une comédie française, *par Éric Orsenna*
R56. Le Pain nu, *par Mohamed Choukri*
R57. Sarah et le Lieutenant français, *par John Fowles*
R58. Le Dernier Viking, *par Patrick Grainville*
R59. La Mort de la phalène, *par Virginia Woolf*
R60. L'Homme sans qualités, tome 1, *par Robert Musil*
R61. L'Homme sans qualités, tome 2, *par Robert Musil*
R62. L'Enfant de la mer de Chine, *par Didier Decoin*
R63. Le Professeur et la Sirène
par Giuseppe Tomasi di Lampedusa
R64. Le Grand Hiver, *par Ismaïl Kadaré*
R65. Le Cœur du voyage, *par Pierre Moustiers*
R66. Le Tunnel, *par Ernesto Sabato*
R67. Kamouraska, *par Anne Hébert*
R68. Machenka, *par Vladimir Nabokov*
R69. Le Fils du pauvre, *par Mouloud Feraoun*
R70. Cités à la dérive, *par Stratis Tsirkas*
R71. Place des Angoisses, *par Jean Reverzy*
R72. Le Dernier Chasseur, *par Charles Fox*
R73. Pourquoi pas Venise, *par Michèle Manceaux*
R74. Portrait de groupe avec dame, *par Heinrich Böll*
R75. Lunes de fiel, *par Pascal Bruckner*
R76. Le Canard de bois (Les Fils de la Liberté, I)
par Louis Caron
R77. Jubilee, *par Margaret Walker*
R78. Le Médecin de Cordoue, *par Herbert Le Porrier*

R79. Givre et Sang, *par John Cowper Powys*
R80. La Barbare, *par Katherine Pancol*
R81. Si par une nuit d'hiver un voyageur, *par Italo Calvino*
R82. Gerardo Laïn, *par Michel del Castillo*
R83. Un amour infini, *par Scott Spencer*
R84. Une enquête au pays, *par Driss Chraïbi*
R85. Le Diable sans porte (tome 1 : Ah, mes aïeux !) *par Claude Duneton*
R86. La Prière de l'absent, *par Tahar Ben Jelloun*
R87. Venise en hiver, *par Emmanuel Roblès*
R88. La Nuit du Décret, *par Michel del Castillo*
R89. Alejandra, *par Ernesto Sabato*
R90. Plein Soleil, *par Marie Susini*
R91. Les Enfants de fortune, *par Jean-Marc Roberts*
R92. Protection encombrante, *par Heinrich Böll*
R93. Lettre d'excuse, *par Raphaële Billetdoux*
R94. Le Voyage indiscret, *par Katherine Mansfield*
R95. La Noire, *par Jean Cayrol*
R96. L'Obsédé (L'Amateur), *par John Fowles*
R97. Siloé, *par Paul Gadenne*
R98. Portrait de l'artiste en jeune chien, *par Dylan Thomas*
R99. L'Autre, *par Julien Green*
R100. Histoires pragoises, *par Rainer Maria Rilke*
R101. Bélibaste, *par Henri Gougaud*
R102. Le Ciel de la Kolyma (Le Vertige, II) *par Evguénia Guinzbourg*
R103. La Mulâtresse Solitude, *par André Schwarz-Bart*
R104. L'Homme du Nil, *par Stratis Tsirkas*
R105. La Rhubarbe, *par René-Victor Pilhes*
R106. Gibier de potence, *par Kurt Vonnegut*
R107. Memory Lane *par Patrick Modiano, dessins de Pierre Le-Tan*
R108. L'Affreux Pastis de la rue des Merles *par Carlo Emilio Gadda*
R109. La Fontaine obscure, *par Raymond Jean*
R110. L'Hôtel New Hampshire, *par John Irving*
R111. Les Immémoriaux, *par Victor Segalen*
R112. Cœur de lièvre, *par John Updike*
R113. Le Temps d'un royaume, *par Rose Vincent*
R114. Poisson-chat, *par Jerome Charyn*
R115. Abraham de Brooklyn, *par Didier Decoin*
R116. Trois Femmes, *suivi de* Noces, *par Robert Musil*
R117. Les Enfants du sabbat, *par Anne Hébert*
R118. La Palmeraie, *par François-Régis Bastide*
R119. Maria Republica, *par Agustin Gomez-Arcos*

R120. La Joie, *par Georges Bernanos*
R121. Incognito, *par Petru Dumitriu*
R122. Les Forteresses noires, *par Patrick Grainville*
R123. L'Ange des ténèbres, *par Ernesto Sabato*
R124. La Fiera, *par Marie Susini*
R125. La Marche de Radetzky, *par Joseph Roth*
R126. Le vent souffle où il veut, *par Paul-André Lesort*
R127. Si j'étais vous..., *par Julien Green*
R128. Le Mendiant de Jérusalem, *par Elie Wiesel*
R129. Mortelle, *par Christopher Frank*
R130. La France m'épuise, *par Jean-Louis Curtis*
R131. Le Chevalier inexistant, *par Italo Calvino*
R132. Le Dialogue des Carmélites, *par Georges Bernanos*
R133. L'Étrusque, *par Mika Waltari*
R134. La Rencontre des hommes, *par Benigno Cacérès*
R135. Le Petit Monde de Don Camillo
par Giovanni Guareschi
R136. Le Masque de Dimitrios, *par Eric Ambler*
R137. L'Ami de Vincent, *par Jean-Marc Roberts*
R138. Un homme au singulier, *par Christopher Isherwood*
R139. La Maison du désir, *par France Huser*
R140. Moi et ma cheminée, *par Herman Melville*
R141. Les Fous de Bassan, *par Anne Hébert*
R142. Les Stigmates, *par Luc Estang*
R143. Le Chat et la Souris, *par Günter Grass*
R144. Loïca, *par Dorothée Letessier*
R145. Paradiso, *par José Lezama Lima*
R146. Passage de Milan, *par Michel Butor*
R147. Anonymus, *par Michèle Manceaux*
R148. La Femme du dimanche
par Carlo Fruttero et Franco Lucentini
R149. L'Amour monstre, *par Louis Pauwels*
R150. L'Arbre à soleils, *par Henri Gougaud*
R151. Traité du zen et de l'entretien des motocyclettes
par Robert M. Pirsig
R152. L'Enfant du cinquième Nord, *par Pierre Billon*
R153. N'envoyez plus de roses, *par Eric Ambler*
R154. Les Trois Vies de Babe Ozouf, *par Didier Decoin*
R155. Le Vert Paradis, *par André Brincourt*
R156. Varouna, *par Julien Green*
R157. L'Incendie de Los Angeles, *par Nathanaël West*
R158. Les Belles de Tunis, *par Nine Moati*
R159. Vertes Demeures, *par Henry Hudson*
R160. Les Grandes Vacances, *par Francis Ambrière*
R161. Ceux de 14, *par Maurice Genevoix*

R162. Les Villes invisibles, *par Italo Calvino*
R163. L'Agent secret, *par Graham Greene*
R164. La Lézarde, *par Edouard Glissant*
R165. Le Grand Escroc, *par Herman Melville*
R166. Lettre à un ami perdu, *par Patrick Besson*
R167. Evaristo Carriego, *par Jorge Luis Borges*
R168. La Guitare, *par Michel del Castillo*
R169. Épitaphe pour un espion, *par Eric Ambler*
R170. Fin de saison au Palazzo Pedrotti, *par Frédéric Vitoux*
R171. Jeunes Années. Autobiographie 1, *par Julien Green*
R172. Jeunes Années. Autobiographie 2, *par Julien Green*
R173. Les Égarés, *par Frédérick Tristan*
R174. Une affaire de famille, *par Christian Giudicelli*
R175. Le Testament amoureux, *par Rezvani*
R176. C'était cela notre amour, *par Marie Susini*
R177. Souvenirs du triangle d'or, *par Alain Robbe-Grillet*
R178. Les Lauriers du lac de Constance, *par Marie Chaix*
R179. Plan B, *par Chester Himes*
R180. Le Sommeil agité, *par Jean-Marc Roberts*
R181. Roman Roi, *par Renaud Camus*
R182. Vingt Ans et des poussières, *par Didier van Cauwelaert*
R183. Le Château des destins croisés, *par Italo Calvino*
R184. Le Vent de la nuit, *par Michel del Castillo*
R185. Une curieuse solitude, *par Philippe Sollers*
R186. Les Trafiquants d'armes, *par Eric Ambler*
R187. Un printemps froid, *par Danièle Sallenave*
R188. Mickey l'Ange, *par Geneviève Dormann*
R189. Histoire de la mer, *par Jean Cayrol*
R190. Senso, *par Camillo Boito*
R191. Sous le soleil de Satan, *par Georges Bernanos*
R192. Niembsch ou l'immobilité, *par Peter Härtling*
R193. Prends garde à la douceur des choses
par Raphaële Billetdoux
R194. L'Agneau carnivore, *par Agustin Gomez-Arcos*
R195. L'Imposture, *par Georges Bernanos*
R196. Ararat, *par D.M. Thomas*
R197. La Croisière de l'angoisse, *par Eric Ambler*
R198. Léviathan, *par Julien Green*
R199. Sarnia, *par Gerald Basil Edwards*
R200. Le Colleur d'affiches, *par Michel del Castillo*
R201. Un mariage poids moyen, *par John Irving*
R202. John l'Enfer, *par Didier Decoin*
R203. Les Chambres de bois, *par Anne Hébert*
R204. Mémoires d'un jeune homme rangé
par Tristan Bernard

R205. Le Sourire du Chat, *par François Maspero*
R206. L'Inquisiteur, *par Henri Gougaud*
R207. La Nuit américaine, *par Christopher Frank*
R208. Jeunesse dans une ville normande
par Jacques-Pierre Amette
R209. Fantôme d'une puce, *par Michel Braudeau*
R210. L'Avenir radieux, *par Alexandre Zinoviev*
R211. Constance D., *par Christian Combaz*
R212. Épaves, *par Julien Green*
R213. La Leçon du maître, *par Henry James*
R214. Récit des temps perdus, *par Aris Fakinos*
R215. La Fosse aux chiens, *par John Cowper Powys*
R216. Les Portes de la forêt, *par Elie Wiesel*
R217. L'Affaire Deltchev, *par Eric Ambler*
R218. Les amandiers sont morts de leurs blessures
par Tahar Ben Jelloun
R219. L'Admiroir, *par Anny Duperey*
R220. Les Grands Cimetières sous la lune
par Georges Bernanos
R221. La Créature, *par Étienne Barilier*
R222. Un Anglais sous les tropiques, *par William Boyd*
R223. La Gloire de Dina, *par Michel del Castillo*
R224. Poisson d'amour, *par Didier van Cauwelaert*
R225. Les Yeux fermés, *par Marie Susini*
R226. Cobra, *par Severo Sarduy*
R227. Cavalerie rouge, *par Isaac Babel*
R228. Tous les soleils, *par Bertrand Visage*
R229. Pétersbourg, *par Andréi Biély*
R230. Récits d'un jeune médecin, *par Mikhaïl Boulgakov*
R231. La Maison des prophètes, *par Nicolas Saudray*
R232. Trois Heures du matin à New York
par Herbert Lieberman
R233. La Mère du printemps, *par Driss Chraïbi*
R234. Adrienne Mesurat, *par Julien Green*
R235. Jusqu'à la mort, *par Amos Oz*
R236. Les Envoûtés, *par Witold Gombrowicz*
R237. Frontière des ténèbres, *par Eric Ambler*
R238. Les Deux Sacrements, *par Heinrich Böll*
R239. Cherchant qui dévorer, *par Luc Estang*
R240. Le Tournant, *par Klaus Mann*
R241. Aurélia, *par France Huser*
R242. Le Sixième Hiver
par Douglas Orgill et John Gribbin
R243. Naissance d'un spectre, *par Frédérick Tristan*
R244. Lorelei, *par Maurice Genevoix*

R245. Le Bois de la nuit, *par Djuna Barnes*
R246. La Caverne céleste, *par Patrick Grainville*
R247. L'Alliance, tome 1, *par James A. Michener*
R248. L'Alliance, tome 2, *par James A. Michener*
R249. Juliette, chemin des Cerisiers, *par Marie Chaix*
R250. Le Baiser de la femme-araignée, *par Manuel Puig*
R251. Le Vésuve, *par Emmanuel Roblès*
R252. Comme neige au soleil, *par William Boyd*
R253. Palomar, *par Italo Calvino*
R254. Le Visionnaire, *par Julien Green*
R255. La Revanche, *par Henry James*
R256. Les Années-lumière, *par Rezvani*
R257. La Crypte des capucins, *par Joseph Roth*
R258. La Femme publique, *par Dominique Garnier*
R259. Maggie Cassidy, *par Jack Kerouac*
R260. Mélancolie Nord, *par Michel Rio*
R261. Énergie du désespoir, *par Eric Ambler*
R262. L'Aube, *par Elie Wiesel*
R263. Le Paradis des orages, *par Patrick Grainville*
R264. L'Ouverture des bras de l'homme
par Raphaële Billetdoux
R265. Méchant, *par Jean-Marc Roberts*
R266. Un policeman, *par Didier Decoin*
R267. Les Corps étrangers, *par Jean Cayrol*
R268. Naissance d'une passion, *par Michel Braudeau*
R269. Dara, *par Patrick Besson*
R270. Parias, *par Pascal Bruckner*
R271. Le Soleil et la Roue, *par Rose Vincent*
R272. Le Malfaiteur, *par Julien Green*
R273. Scarlett si possible, *par Katherine Pancol*
R274. Journal d'une fille de Harlem, *par Julius Horwitz*
R275. Le Nez de Mazarin, *par Anny Duperey*
R276. La Chasse à la licorne, *par Emmanuel Roblès*
R277. Red Fox, *par Anthony Hyde*
R278. Minuit, *par Julien Green*
R279. L'Enfer, *par René Belletto*
R280. Et si on parlait d'amour, *par Claire Gallois*
R281. Pologne, *par James A. Michener*
R282. Notre homme, *par Louis Gardel*
R283. La Nuit du solstice, *par Herbert Lieberman*
R284. Place de Sienne, côté ombre
par Carlo Fruttero et Franco Lucentini
R285. Meurtre au comité central
par Manuel Vásquez Montalbán
R286. L'Isolé soleil, *par Daniel Maximin*

R287. Samedi soir, dimanche matin, *par Alan Sillitoe*
R288. Petit Louis, dit XIV, *par Claude Duneton*
R289. Le Perchoir du perroquet, *par Michel Rio*
R290. L'Enfant pain, *par Agustin Gomez-Arcos*
R291. Les Années Lula, *par Rezvani*
R292. Michael K, sa vie, son temps, *par J. M. Coetzee*
R293. La Connaissance de la douleur
par Carlo Emilio Gadda
R294. Complot à Genève, *par Eric Ambler*
R295. Serena, *par Giovanni Arpino*
R296. L'Enfant de sable, *par Tahar Ben Jelloun*
R297. Le Premier Regard, *par Marie Susini*
R298. Regardez-moi, *par Anita Brookner*
R299. La Vie fantôme, *par Danièle Sallenave*
R300. L'Enchanteur, *par Vladimir Nabokov*
R301. L'Ile atlantique, *par Tony Duvert*
R302. Le Grand Cahier, *par Agota Kristof*
R303. Le Manège espagnol, *par Michel del Castillo*
R304. Le Berceau du chat, *par Kurt Vonnegut*
R305. Une histoire américaine, *par Jacques Godbout*
R306. Les Fontaines du grand abîme, *par Luc Estang*
R307. Le Mauvais Lieu, *par Julien Green*
R308. Aventures dans le commerce des peaux en Alaska
par John Hawkes
R309. La Vie et demie, *par Sony Labou Tansi*
R310. Jeune Fille en silence, *par Raphaële Billetdoux*
R311. La Maison près du marais, *par Herbert Lieberman*
R312. Godelureaux, *par Eric Ollivier*
R313. La Chambre ouverte, *par France Huser*
R314. L'Œuvre de Dieu, la part du Diable, *par John Irving*
R315. Les Silences ou la vie d'une femme, *par Marie Chaix*
R316. Les Vacances du fantôme, *par Didier van Cauwelaert*
R317. Le Levantin, *par Eric Ambler*
R318. Beno s'en va-t-en guerre, *par Jean-Luc Benoziglio*
R319. Miss Lonelyhearts, *par Nathanaël West*
R320. Cosmicomics, *par Italo Calvino*
R321. Un été à Jérusalem, *par Chochana Boukhobza*
R322. Liaisons étrangères, *par Alison Lurie*
R323. L'Amazone, *par Michel Braudeau*
R324. Le Mystère de la crypte ensorcelée
par Eduardo Mendoza
R325. Le Cri, *par Chochana Boukhobza*
R326. Femmes devant un paysage fluvial, *par Heinrich Böll*
R327. La Grotte, *par Georges Buis*
R328. Bar des flots noirs, *par Olivier Rolin*

R329. Le Stade de Wimbledon, *par Daniele Del Giudice*
R330. Le Bruit du temps, *par Ossip E. Mandelstam*
R331. La Diane rousse, *par Patrick Grainville*
R332. Les Éblouissements, *par Pierre Mertens*
R333. Talgo, *par Vassilis Alexakis*
R334. La Vie trop brève d'Edwin Mullhouse
par Steven Millhauser
R335. Les Enfants pillards, *par Jean Cayrol*
R336. Les Mystères de Buenos Aires, *par Manuel Puig*
R337. Le Démon de l'oubli, *par Michel del Castillo*
R338. Christophe Colomb, *par Stephen Marlowe*
R339. Le Chevalier et la Reine, *par Christopher Frank*
R340. Autobiographie de tout le monde, *par Gertrude Stein*
R341. Archipel, *par Michel Rio*
R342. Texas, tome 1, *par James A. Michener*
R343. Texas, tome 2, *par James A. Michener*
R344. Loyola's blues, *par Erik Orsenna*
R345. L'Arbre aux trésors, légendes, *par Henri Gougaud*
R346. Les Enfants des morts, *par Henrich Böll*
R347. Les Cent Premières Années de Niño Cochise
par A. Kinney Griffith et Niño Cochise
R348. Vente à la criée du lot 49, par *Thomas Pynchon*
R349. Confessions d'un enfant gâté
par Jacques-Pierre Amette
R350. Boulevard des trahisons, *par Thomas Sanchez*
R351. L'Incendie, *par Mohammed Dib*
R352. Le Centaure, *par John Updike*
R353. Une fille cousue de fil blanc, *par Claire Gallois*
R354. L'Adieu aux champs, *par Rose Vincent*
R355. La Ratte, *par Günter Grass*
R356. Le Monde hallucinant, *par Reinaldo Arenas*
R357. L'Anniversaire, *par Mouloud Feraoun*
R358. Le Premier Jardin, *par Anne Hébert*
R359. L'Amant sans domicile fixe
par Carlo Fruttero et Franco Lucentini
R360. L'Atelier du peintre, *par Patrick Grainville*
R361. Le Train vert, *par Herbert Lieberman*
R362. Autopsie d'une étoile, *par Didier Decoin*
R363. Un joli coup de lune, *par Chester Himes*
R364. La Nuit sacrée, *par Tahar Ben Jelloun*
R365. LeChasseur, *par Carlo Cassola*
R366. Mon père américain, *par Jean-Marc Roberts*
R367. Remise de peine, *par Patrick Modiano*
R368. Le Rêve du singe fou, *par Christopher Frank*
R369. Angelica, *par Bertrand Visage*

R370. Le Grand Homme, *par Claude Delarue*
R371. La Vie comme à Lausanne, *par Erik Orsenna*
R372. Une amie d'Angleterre, *par Anita Brookner*
R373. Norma ou l'exil infini, *par Emmanuel Roblès*
R374. Les Jungles pensives, *par Michel Rio*
R375. Les Plumes du pigeon, *par John Updike*
R376. L'Héritage Schirmer, *par Eric Ambler*
R377. Les Flamboyants, *par Patrick Grainville*
R378. L'Objet perdu de l'amour, *par Michel Braudeau*
R379. Le Boucher, *par Alina Reyes*
R380. Le Labyrinthe aux olives, *par Eduardo Mendoza*
R381. Les Pays lointains, *par Julien Green*
R382. L'Épopée du buveur d'eau, *par John Irving*
R383. L'Écrivain public, *par Tahar Ben Jelloun*
R384. Les Nouvelles Confessions, *par William Boyd*
R385. Les Lèvres nues, *par France Huser*
R386. La Famille de Pascal Duarte, *par Camilo José Cela*

Collection Points

SÉRIE POINT-VIRGULE

DERNIERS TITRES PARUS

V19. Le Petit Pater illustré, *par Jacques Pater*
V20. Cherche souris pour garder chat, *par Hélène Ray*
V21. Un enfant dans la guerre, *par Saïd Ferdi*
V22. La Danse du coucou, *par Aidan Chambers*
V23. Mémoires d'un amant lamentable, *par Groucho Marx*
V24. Le Cœur sous le rouleau compresseur
par Howard Buten
V25. Le Cinéma américain. Les années cinquante
par Olivier-René Veillon
V26. Voilà un baiser, *par Anne Perry-Bouquet*
V27. Le Cycliste de San Cristobal
par Antonio Skarmeta
V28. Tchao l'enfance, craignos l'amour, *par Delia Ephron*
V29. Mémoires capitales, *par Groucho Marx*
V30. Dieu, Shakespeare et moi, *par Woody Allen*
V31. Dictionnaire superflu à l'usage de l'élite
et des bien nantis, *par Pierre Desproges*
V32. Je t'aime, je te tue, *par Morgan Sportès*
V33. Rock-vinyl (Pour une discothèque du rock)
par Jean-Marie Leduc
V34. Le Manuel du parfait petit masochiste
par Dan Greenburg
V35. L'Oiseau Canadèche, *par Jim Dodge*
V36. Des sous et des hommes, *par Jean-Marie Albertini*
V37. De l'univers à nous, *par Robert Clarke*
V38. Pour en finir une bonne fois pour toutes
avec la culture, *par Woody Allen*
V39. Le Gone du Chaâba, *par Azouz Begag*
V40. Le Cinéma américain. Les années trente
par Olivier-René Veillon
V41. Mistral gagnant, chansons et dessins, *par Renaud*
V42. Les Aventures d'Adrian Mole, 15 ans
par Sue Townsend
V43. Le Palais des claques, *par Pascal Bruckner*
V44. La Cuisine cannibale, *par Roland Topor*
V45. Le Livre d'Étoile, *par Gil Ben Aych*
V46. Les Dingues du nonsense, *par Robert Benayoun*
V47. Le Grand Cerf-volant, *par Gilles Vigneault*

V48. Comment choisir son psychanalyste
par Oreste Saint-Drôme
V49. Slapstick, *par Buster Keaton*
V50. Chroniques de la haine ordinaire
par Pierre Desproges
V51. Cinq Milliards d'Hommes dans un vaisseau
par Albert Jacquard
V52. Rien à voir avec une autre histoire
par Griselda Gambaro
V53. Comment faire son alyah en vingt leçons
par Moshé Gaash
V54. A rebrousse-poil
par Roland Topor et Henri Xhonneux
V55. Vive la sociale !, *par Gérard Mordillat*
V56. Ma gueule d'atmosphère, *par Alain Gillot-Pétré*
V57. Le Mystère Tex Avery, *par Robert Benayoun*
V58. Destins tordus, *par Woody Allen*
V59. Comment se débarrasser de son psychanalyste
par Oreste Saint-Drôme
V60. Boum !, *par Charles Trenet*
V61. Catalogue des idées reçues sur la langue
par Marina Yaguello
V62. Mémoires d'un vieux con, *par Roland Topor*
V63. Le Cinéma américain. Les années quatre-vingt
par Olivier-René Veillon
V64. Le Temps des noyaux, *par Renaud*
V65. Une ardente patience, *par Antonio Skarmeta*
V66. A quoi pense Walter ?, *par Gérard Mordillat*
V67. Les Enfants, oui ! L'Eau ferrugineuse, non !
par Anne Debarède
V68. Dictionnaire du français branché, *par Pierre Merle*
V69. Béni ou le paradis privé, *par Azouz Begag*
V70. Idiomatics français-anglais, *par Initial Groupe*
V71. Idiomatics français-allemand, *par Initial Groupe*
V72. Idiomatics français-espagnol, *par Initial Groupe*
V73. Abécédaire de l'ambiguïté, *par Albert Jacquard*
V74. Je suis une étoile, *par Inge Auerbacher*
V75. Le Roman de Renaud, *par Thierry Séchan*
V76. Bonjour Monsieur Lewis, *par Robert Benayoun*
V77. Monsieur Butterfly, *par Howard Buten*
V78. Des femmes qui tombent, *par Pierre Desproges*
V79. Le Blues de l'argot, *par Pierre Merle*
V80. Idiomatics français-italien, *par Initial Groupe*
V81. Idiomatics français portugais, *par Initial Groupe*
V82. Les Folies-Belgères, *par Jean-Pierre Verheggen*